U0689164

Écrivain

作家们

Antoine
Volodine

［法］安东尼·佛楼定 ——
著

卓立 ——
译

浙江文艺出版社

Écrivians by Antonie VOLODINE
Copyright © Antonie VOLODINE
through Êditions du Seuil, Paris, France
Simplified Chinese edition copyright:
2024 ZHEJIANG LITERATURE & ART PUBLISHING HOUSE
All rights reserved.
本书简体中文版权为浙江文艺出版社独有。
版权合同登记号：图字：11-2021-031号　图字：11-2022-084号

图书在版编目（CIP）数据

作家们 /（法）安东尼·佛楼定著；卓立译. —杭
州：浙江文艺出版社，2024.6
ISBN 978-7-5339-7578-4

Ⅰ.①作… Ⅱ.①安… ②卓… Ⅲ.①短篇小说—小
说集—法国—现代 Ⅳ.①I565.45

中国国家版本馆CIP数据核字（2024）第067208号

责任编辑　王莎惠
责任校对　唐　娇
责任印制　吴春娟
封面插画　渔　渶
装帧设计　尚燕平
营销编辑　余欣雅
数字编辑　姜梦冉　诸婧琦

作家们
［法］安东尼·佛楼定　著　卓立　译

出版发行　浙江文艺出版社
地　　址　杭州市环城北路177号
邮　　编　310006
电　　话　0571-85176953（总编办）
　　　　　0571-85152727（市场部）
制　　版　浙江新华图文制作有限公司
印　　刷　浙江新华印刷技术有限公司
开　　本　880毫米×1230毫米　1/32
字　　数　84千字
印　　张　4.375
插　　页　5
版　　次　2024年6月第1版
印　　次　2024年6月第1次印刷
书　　号　ISBN 978-7-5339-7578-4
定　　价　65.00元

目录

马蒂亚斯·欧勒班

每个夜里，在最难熬的时刻，作家马蒂亚斯·欧勒班就从床上下来。他从傍晚开始就在那张床上很不舒服地睡着觉，梦和绝望不停地侵扰他。之后，他灯也不开，走到房间里的镜子前坐下来。夏日还没过完呢，周遭的暑气令人透不过气来。房里的家具和地板在静默中偶尔干啐一声。灰尘中闻得出药味、干草及医院的床铺味。马蒂亚斯·欧勒班拉出镜子下面的柜子的抽屉，打开里面的一件内衣。他在内衣里藏了一把手枪，在检查枪内的子弹已就位之后，他关上抽屉，拿掉手枪的安全扣，把枪贴在脸颊上，枪口对准着头顶。然后，他开始数数，一……二……三……四……他慢慢地算着，没出声，只用嘴唇做出念数字的口形。他的嘴巴动着，而且，在他的下巴颏儿，枪口紧靠的地方，皮肤一缩一放的。

外面，在那块隔开房屋与森林的空地上没有任何一盏灯亮着，但是，已经是晚上了。他没有关上房间窗户外面的百叶窗，因此他不是在完全的黑暗当中，甚至有的时候，从乡间传来足够的亮光，让他可以和镜里自己的眼神相交。那是一种涣散的眼神，而且，他大多视而不见，可有的时候，他觉得自己好像在面对一个入侵者，那个人努力掩饰情绪，观察他，在他的镜像和他自己之间出现了一种对抗。他搞不懂这个情况，因此数乱了，当他无法有把握地弄清楚自己已经数到几的时候，他就从零再开始数数，并且克制着不再抬起眼睛去看镜子里的自己。

马蒂亚斯·欧勒班想在数到四百四十四——即他所设定的心算的极限时，能够成功地开枪自杀。假如每两秒数一个数字，那么他在镜子前就差不多还有一刻钟的余生，他觉得那是合理的。此外，四百四十四影射了一九四四年四月，那是他祖父死在布痕瓦尔德的日子。他向来对数字没什么热情，也没有任何特殊敬意，可他很喜欢从他所谓的美丽的数字里整理出来的完美性，他也喜欢把自己的自杀意愿和对一个死者献上的敬意结合起来。

他妹妹替他选择的那所疗养院位于远离所有市镇的森林里。他没有社会医疗保险，也没有个人健康保险，他只能靠经济窘困的妹妹来救济，这种情况使他更加忧愁。当微风抚摸窗外的柳树和白桦的时候，树叶的呢喃便通过半开的窗户传进来，还有猫头鹰的叫声，一直到凌晨一点。这儿很少有其他的噪音。早餐之前，看护人员不提供任何服务。夜里，护士们和病人们都睡觉了。所有的房间彼此之间隔得很远，假如有人打鼾、呻吟或者咳嗽，别人绝对听不到。屋子里面，如同它的附近四周，死寂如坟场。

马蒂亚斯·欧勒班被容许住在这所疗养院之前，已经在重大囚犯监狱里待了四分之一个世纪以上，因为他过去做了几桩案子。没必要再次审判他。他干掉了几个杀人犯，而法律惩罚这样的行为，他被判终身监禁。他服满牢役，五十三岁了，正当他准备在监狱墙外默默无闻而且低调谨慎地度过老年生活时，他病倒了。毫无先兆地，他突然得了一种可怕的先天性的细胞萎缩病。该疾病迅速地使他的脸变得很难看，甚至像魔鬼。他的皮肤渐渐裂开，他的伤口布满着血斑，有些地方还有硬如纸板的斑块，而且逐渐蔓延扩大，在他的身体上形成一张世界地图，想象的大陆给它们的居民所做的承诺是毁坏、破裂以及死亡。医生们都认为他的病罕见而可怕，并且无药可救，但是病名却由于专科医生的不同而有不同的叫法。马蒂亚斯·欧勒班随便采用了其中的一种说法，但是他只有在不得不述说他的病情的时候才使用它，譬如当他做噩梦的时候，或者当新来的看护问他病情的检查结果或他吃什么药的时候。他就说是自发性细胞萎缩癌。可是他很讨厌这个术语，而且每次他努力高声说出该病名的时候，总有一种近乎羞耻的感觉。

自发性细胞萎缩癌在晚上发作的症状之一是头皮萎缩。当马蒂亚斯·欧勒班面对他自己昏暗的镜像，慢慢地计算着，那应该是他在世上所发出的最后的呢喃，他的头皮萎缩着，毛孔渐渐缩紧，有些地方发根被拉紧，好像把头发吸进脑袋里。这个吸食动作并不会使他的头发减少，可是，在沉静之中，它发出一种破裂声，一种非人声的噪音，使人想到虫子行动的时候发出的声音，叫人想呕吐。他就是听到这种声音的时候，特别感到是该了结自己的时候了。他便压紧他那把有点放松的手枪。刹那间，他突然全身冒出冷汗。就是现在，他心里想。此刻或者永不可能。

但是，就在关键时刻似乎即将来到的时候，他却无法利用他存在的最后几秒钟快速地回顾他过去的一生。他的记忆被两三件事情卡住了，连他自己都搞不清那些微不足道的事情到底是怎么一回事，好像除了记忆退化之外，他的智力也严重地麻痹了，毫无能力分辨什么是重要的，而什么是次要的。很多时候，那些浮现在他脑海里的回忆好像是随便乱抽签而选中的。他因此再次看到他跟一个狱友为了没弄干净的粪坑而吵架，随后又看到他曾在森林的边缘地带散步，散步期间遇见了一条大蟒蛇。那条蛇滑进一条小水沟里而消失了。这些景象重复地浮现，一点也没改变。之后，他的思路拉回到房间里，回到手枪，回到等待。他很难过他回忆中的场景没带给他什么意义，他感觉汗水和淋巴液混合的液体使他湿答答的，随后他发现他忘了念他的数字经，因此错过了扣动手枪扳机的机会。

他把手枪放在面前，放在那个油漆已经脱落的木盘上，然后在他的睡裤上擦他那双湿淋淋的手。他再次握好手枪以便把它重新放在脸颊上，然后，很坚持地但毫无热情地再一次从零开始计数。

马蒂亚斯·欧勒班在被抓起来关进监狱里之前，并不是一个多产的作家。虽然他从少年时期起就感觉有一种强烈的写作欲望，他却不觉得需要把句子组织成一部可以客观地出版的作品。他认为文学游戏、文字稍纵即逝的组合以及意象的探索，在他的生命里具有很重要的地位，不过，不论再怎么紧要，写作不值得变成一本规范化的书，闭合着死于书架上。他不整理手稿，不急着做出结论，而当他的朋友们问起他的文学创作究竟到了什么地步的时候，他甚至提出了有关未完成作品的粗浅理论。他便如此过了好几年，没写出什么可发表的文章，他梦想成为骄傲的无名诗人族之雄心慢慢地消逝了，他自以为是创作者的看法也毁了。尽管存在着这些不利于文学创作的条件，尽管他特别投入地下反抗和恐怖分子的报复行动，也就是说筹划干掉几个杀人魔鬼，所有的人，连他自己在内，都以为他已经不写作了，可是有一天他倒是拿了一份小说集给一家支持地下反抗行动的出版社，这家出版社便出版了一本小书。这本书印了一千本，卖了不到四十本。

这本书包含了八篇内容诡奇的短文，文字不算特别新颖杰出但也无可挑剔。这是一本跟后异国情调主义有某种程度的关系的文集。就意识形态而言，马蒂亚斯·欧勒班不服从任何的限制，除了绝不在文章里出现传统的革命者作为故事人物，更广泛地说，他不写典型的超现实魔幻人物。支持地下反抗行动的那位唯一的书评家，在发掘新作家方面很有权威，他理当写一篇书评刊登在报章上，可他却被欧勒班的文集弄得不知所措，因此，连该书出版的事提都没有提。总之，这本书的出版效益惨不忍睹。然而，两年之后，马蒂亚斯·欧勒班又完成了第二本作品，并且把它交给同一家出版社。这家出版社当初并没因先前的失败沮丧，竟然同意出版新作《华丽小艇》。从文学的角度来说，这本小说比上一本更具雄心，因为那是一个架构巧妙的虚构故事，融合了侦探情节、好几个世界性革命事件，以及梦幻世界里使人战栗的游历。《华丽小艇》印了五百本，比第一本卖得更差。

马蒂亚斯·欧勒班身为作家的公开事业从此闭幕了。

在他因被指控射杀了几个杀人犯而遭受审判的过程中，马蒂亚斯·欧勒班严峻地否认自己是某个恐怖组织里的一个长期成员。他不顾审判者们的讥笑，坚持说自己是作家并且靠写作维生。审判庭上出现了曾经出版过的两本书，他写下的好几段软而无力、毫无雄心，但对现实的资本世界毫不客气地加以批评的文字，竟然被指责是"明显地呼吁政治谋杀"，因此被认为是严重的涉嫌证据。

被定罪的人当时二十四岁。二十六年之后，马蒂亚斯·欧勒班因为表现优异而获得了两年的减刑。离开监狱时他生病了。自发性细胞萎缩癌在他出狱一星期之后就发作了。

马蒂亚斯·欧勒班在牢狱期间，不再写小说，不再写短文，也不再写诗词。不过，他给自己设定了一个文学工作，而这与他早期摸索诗词创作衔接上了，就是把那些曾经的作品扩写成一部具有原创性且震撼人心的作品。他创造新词，小心翼翼地把它们分类排列。他对说故事绝不再有任何兴趣。他注视着飘过囚牢的栅栏的云朵，任自己的眼神飘移在囚牢里死气沉沉的苍灰装饰上。几年之前，当他还得跟几个囚犯分住在一个狭窄的空间里时，他的眼神也飘移在狱友们令人泄气的身影上。这个眼神随着从外面传进来的余音而做出反应，也随着那些珍贵的但经常无法对证的，告诉他世界愈来愈糟糕的片断短语而做出反应。他聆听狱友们的抱怨或哀怨之歌，这就是他的生活。可是他没兴趣用文字把那些故事记录下来，更不用说把它们当作可以发展成一部小说且远离事实的故事背景。

当他有纸和笔可以用来书写时——在他待过的监狱中有几所可不容易找到纸张或笔——他就想象组合了一些词语清单，其中有植物名称、有被驱逐的或者被歼灭的民族名称，也有只是集中营里受害者的名字。几年下来，这些名单累积成一堆堆的纸堆，他常常心不在焉地浏览那些厚纸堆，但不再读里面的内容，他对它们也不再有任何牵挂，他只在别人要没收它们的时候，基于原则而抗议一下，或者接受它们在他转换监狱期间遗失了的事实。由于在有疑问的时候他也不翻阅那些纸张，也因为他能够保存下来的文件最后肯定都不见了，那些冗长的新造词语便包含了不少一而再、再而三重复出现的词。要精确地算出那些词汇到底有多少，会是一件徒劳无功并且荒谬的工作。不过，如果以马蒂亚斯·欧勒班的有条有序之精神为基础，再加上他所花费的时间，人们或许不会太过离谱地测算出，二十六年的囹圄生活，他造了将近十万个新词，可分为下面几类：

· 六万个不幸遇难者的姓名；

· 两万个虚构的植物、菌菇类及草木名称；

· 一万个只存在于幻想的世界里的地点、河川及位置的名称；

· 一万个不属于任何语言的词汇，但是它们具有一种使人听起来感到熟悉的语音逻辑。

这就是马蒂亚斯·欧勒班的作品所涵盖的内容。

他的同因牢狱友们有时候拿几张他写的稿子来当作卫生纸用，这也没让他很生气，他自己也这么做，但只在很明显地缺乏草纸的时候他才会拿一张名单的开始或者结尾部分的稿纸当作卫生纸使用。即使在他独自占有一间牢房的那些年当中，由于监狱人口有过多的现象也有宽松的时候，他也不觉得厌恶，坐在臭气熏天的马桶上面，把手伸向他那些量多而可怕的词汇清单，什么也没打开来看一看，就撕下一张用来擦屁股。他未曾亵渎创作，可对他而言，一首诗一旦经由墨汁而化成作品，就死了。无论如何，他不认为他所从事的创造新词工作和外面世界所谓的艺术或文学活动有什么关系。

他被释放的那一天，当监狱守卫请他把他的手稿、本子和一堆堆写满了密密麻麻而整齐的稿纸打包带走时，他摆出了一个轻蔑的手势，把所有的稿子留在马桶旁边。他对那些终于尊敬他或者承认他是脑子有点问题的守卫们解释说，他宁愿出狱之后从零开始，给"他的词典"一个满意的样子，守卫们把那些草稿称作"他的词典"。

他出狱了，可他并没有履行先前所做的决定，他不再编纂词典，他没从零开始重新创作他的词典。他原本可以按照他的方式享用他重新获得的自由，他应该可以过一种苦行僧式的创作者生活，类似囹圄生活但没有铁窗铁门的限制，而且，他也模糊地预想过一种无怨无悔的余生，一种毫无酸气的、既平衡又安宁的孤独生活，可是他没时间去执行这个卑微的梦想，他的生活被意想不到的事情完全打乱了。在他出狱一星期之后就得了自发性细胞萎缩癌，这个病毫不留情地马上把他丢进畸形怪物和残疾者的世界里。幸亏他有一个妹妹对他还相当忠诚，她出于尽义务多于因为善心，省吃俭用，为了让他有一个住处并且有最起码的医疗协助，他才被容许住进这所疗养院，远离尘嚣，度过他的余生，或者逐渐死去。

　　他的妹夫是他们打游击战时代的老伙伴，轻松地为他
弄到了一把手枪和几颗子弹。这个妹夫现在毫无热情地支
持社会民主党，还保有昔日无政府主义者的激情，他和非
法拥有武器者还保持联系。他怀疑马蒂亚斯·欧勒班会举
枪自杀，可为了好几种理由，这不妨碍他。相反地，他期
待那一天早日来到。至于马蒂亚斯·欧勒班的妹妹，手枪
的事，她也知道。当她协助马蒂亚斯·欧勒班收拾随身物
品的时候，她发现了那把手枪包在一件内衣里，但是她把
枪重新包好，什么话也没说。假如有人控告她鼓励她哥哥
自杀意图的话，即使是在跟她的丈夫讨论的情况当中，她
绝不会承认的；可她也认为马蒂亚斯·欧勒班现在应该消
失。二十五年前，她深情款款地崇拜这个哥哥，在他受审
期间，甚至在他被定罪而关进监狱里的头几个月当中，她
定期去探望他，不过，当他被转送到一所位于五千公里远
的监狱之后，她就无法继续去看他了。时光一年又一年地
流走，六年过了，十年走了，她被生活折磨得喘不过气来，
在超级市场里做收银员的生活把她压得十分窘迫，她已经
放弃思念他，好像他已经不在世上了。然而，他再次出现
在普通人的世界里，好像来自另一个星球的不堪入目的人，
毫无谋生之道，除了身体渐渐衰弱和公共墓地之外，没有
任何前瞻。所有的人都很清楚这一点：他无处容身，他应
该自我了结。在他的囹圄生活期间，继续活着具有意义，
因为他总希望有一天可以跨越监狱围墙，可现在他已经在

围墙之外了，前景缩小了太多了，以至于他不想再拖延死去的欲望。

马蒂亚斯·欧勒班在深沉的幽暗当中很专注地不搞随机数字的计算。他算得很慢。他右手里的手枪沉甸甸的。他不去想他目前和他妹妹之间的冷淡关系，也不想他的妹夫在交给他那把马卡洛夫手枪的时候所流露的反讽的急迫表情，那把手枪很像他的妹夫从前用来打击人民的敌人所使用的手枪。他努力地不想什么，努力地不干扰他辛苦的计数。偶尔，由于一种他无法控制的自动反射动作，他很惊讶地发现他又开始想象一份新的清单。他不再坚持保留、继续做或者完成他那份虚构的词汇表，可是习惯难改，在一连串枯燥的计数节奏之下，每一刹那几乎是一种音乐性的诱惑，譬如说，每一个十进制改变的时刻，一个人物、受难者或者动物的名字就会自动地浮现出来。他防范这种可能的分心并且不断地克制它。他希望自己不要分散注意力，一心只要想到当下眼前的惨淡无光，再一次，他不得不承认他的智力凝聚在一组很无趣的往日旧事，在一场可鄙的场景，譬如牢房里洗衣时他的旧衬衫破裂了，或是淋浴时狱友之间的争吵，或者搜查日他有两本手稿被没收了。他心想，时候到了，必须下手了，做这件事几乎不算什么。之后，他感到自己喘不过气来，可是他一直不停地算着，仔细看着镜子里他那不太清晰的头部形象，同时聆听着细微的破裂声，那是他的头颅的皮肤吞噬头发的时候发出的吓人的破裂声。他没有扣下手枪的扳机。

夜晚就是这样毫无结果地一夜一夜过去了。夜里很闷热。下雨的时候，雨的嘈杂声会穿过打开的窗户传进来。那雨声可震耳欲聋，压过了室内室外其他所有的声音。他就是在这些时段里停在镜子前面，头角、皮肤和沮丧的摩擦声都因雨声而消失了。

然而，不下雨的时候，这种摩擦声，他随时听得见。

他的嘴唇在幽暗中动了一下，很多时候，他在镜子里看不见嘴唇，或者他猜想那是他的嘴唇，同样地，他也很难看得到那把枪口对准他的下颏的手枪的影像，他的智齿都掉光了。太暗了。当他数到二五〇时，接下来的数字使他感到愈来愈焦虑，而且，尽管他很努力克制自己，他愈来愈想到的是他的焦虑，而不是他那悲剧性的有规律的数字计算，他因此在死亡前即将数完的数字所剩不多的时候数错了。他突然在正在计数的十进制上犹豫起来了，只好随着寄生在他里面的话语带着他走。他的背部、两腿之间以及脸上再次冷汗淋漓。他感到有液体在逐渐流逝，他也知道自己不只是渗出汗水。气味呛人的体液，比他的汗水还稠，渐渐地扩展出来，滴滴流在他的额头上，弄湿了他的眉毛，滚落在他的睫毛和鼻梁上，润湿了他的太阳穴、脸颊和颈子，以及他的下巴。他愈来愈靠近结尾，一个意念偶尔闪过他的脑海，他曾经是一个市集上令众人害怕的妖怪，是一个让任何活着的人都无法放心的人，就在此刻，他顿然中断了计数，他很难过，意识到镜子里他自己的姿态、他慢慢地计数的动作以及他那没有结果的等待，事实上是很可怜的，甚至很可笑的。他吐了一口气，更迟钝了，什么也不想了，根本不知道自己倒数的计数已数到哪儿了。他把手枪和双手擦在睡衣的上衣上、有条纹的睡裤上、胸前的口袋上。皮肤上流出的血液使他突然眩晕想吐。他没看见血，可他想象它的样子和凝固的样子，这就使他想呕吐。

随后，他再次从零开始做他那可悲的计数。

当他数到四百四十四的时候，他等了几秒钟，然后打开柜子的抽屉，用那件当作枪套的内衣把手枪包起来，关上抽屉。又一次，他无法成功地杀死自己，如前几次，他站起来，回到床上，试着重新入睡。

对游牧族与死者的演讲

　　她站在铁窗下，不看天空，靠着水泥墙，哭泣着。这是一个迷人的女人，她哭泣着。我们之间不存在着任何差异，任何东西，即使是时间或空间，都无法把我们分离，我与她共泣。十二年前，她杀了几个该死的人，那几个人就算不代表一切，也至少举足轻重，她宰了人民的公敌，很多人假如勇气足够的话，都想杀掉他们。然而，极少有人有勇气为正义挺身而出，几乎没有人会为人民的福祉开展报复行动。而她做到了。我希望也能像她那样，杀了那些间接残害了成千上万，甚至上百万人性命的侩子手。她被逮捕，且被判无期徒刑，她被监禁在一座隔离所，甚至，在许多没有根据的传言中，她已经死了。人们期待她尽早死去，可她总是好好的，或许她遗传到了特别坚韧不屈的基因，难以摧毁，或是因为她脑子里装满了组织最庞大的计划，当然也可能是，人们忘了派遣杀手去了结她，守卫们都很怕她。

这是一个迷人的女人。

她被关在一间狭窄的牢房里，已经八年没有任何同伴了。她再也忍不下去了。过去几年来，她自残了好几次，尤其是冬天，囚牢里又冷又湿，好好活下去的信念淡化了。现在，她已丧失了大部分的自信心。她的情况很不好。她喜欢背靠着墙，想象自己穿越墙，头发被风吹乱。她正飘浮在大草原的天空之下，置身在飘动的草原中，她的说话声比风声还响，她述说着世界。当监狱批准她得到纸张和一支圆珠笔的诉求以后，她开始用文字述说世界，使用缩写字和一种只有她本人拥有译码窍门的密码语言尽情书写。当她虚构一个故事的时候，她会蹲在（或躺在）门前喃喃自语，说一些重复的话，对着走廊，对着在空无一物的楼层里呼啸的对流空气自言自语。她住在一六一四牢房里，自从玛丽亚·伊瓜塞尔死在那间狭窄的牢房之后，她就没有说话的对象了。

然而，她依旧述说着世界。她虚构了一些梦，把她创造过的故事翻新重写。她思考着战斗，思考那些穿着战士铠甲（或囚服）的战斗。她也常常向被杀害的人致敬，正如我们所有的人在冗长的日子里可能偶尔会做的那样。于是，她重复述说一篇叙述文摘、一篇演说稿或一篇罗曼史的节录，她不是这些文章的作者，但它们在牢狱中流传着，男女狱友们为了不忘记（也出于爱）就背诵起来。很多时候，她想象自己双臂交叉，以便更能感受大草原的风，更能拥抱草原和天空的世界，与她面对面的是一群支持她的友好的游牧者，或是几个才刚从地狱的火炉里逃出来的绑着头巾的流浪者，或是几只被巫者附身的乌鸦。她幻想这群听众，我们的听众，她述说着世界，她述说着我们。

她名字叫作琳达·巫。如果想描绘她的外表，可以借用一些香港电影，她长得比那些女星更美丽，因为她的脸庞带着热情的痕迹，那是正义者对抗恶魔的热情之火。在痛苦和孤寂的面具背后、在因缺乏阳光而变丑的皮肤之下，还存在着一道什么也消灭不了的光。她跟我们一样，是一切战斗中的失败者。她神采奕奕，却已战败。她从灵魂深处迸发出光亮，她靠着墙壁哼歌，后脑勺轻轻地叩敲着墙，她已经在遥远之地，在风中，她对游牧族与死者低声说着一段演讲。今天她在讲话里要向隔壁的囚犯玛丽亚·伊瓜塞尔致敬，她说的是一篇散文，一篇后异国情调的作家们称之为演说的幻想之作。

她用玛丽亚·伊瓜塞尔的声音宣讲。顿时，她就是玛丽亚·伊瓜塞尔。我也是。

"后异国情调的作家们。"她开讲了。

由于逆风，她的声音传不远。她叫不出名字的禾本科植物在她脚边吱吱叫并摇摆着，她瞥见在离她八十米之处有第一个听众正在慢慢靠近她，一个不知来自何处的肥胖男人，像一个巨大的死人，还在睡梦中而且很不高兴。他并不看她，而且，他既没眼睛也没脸。她也不知道他的名字。她猜想他听力很差，也许他完全没听见她说话，可是，在她开始讲话的时候，是特别对他说的：

"如果说后异国情调的作家们过去投入政治和文学，那可不是为了取得更多舒服的私人生活条件，不是因为他们想要接近那些看起来故作清高但支配管理着俗世的有权有势之人，也不是因为这些作家想要享受以主人的名义并且以维护主人的名义之权利而说话，以便获得权威者的恭维，或是送给服侍他们的人们——政客也好，艺人也好——美食和小玩意作为回报。不是的，后异国情调的作家们之所以为政治和文学奔波，那是因为他们不愿意说下流的恭维话，也不愿意柔情万分地擦着有权者的靴子，想象他们是自己心甘情愿地自由选择顺服的权威之人。而事实上，能接近权威者的靴子的，本身就是有权者从那些按照他们的逻辑所培养的人们当中筛选出来的结果。不，必须往别处去寻找这些作家挺身而出的根源所在，必须为我们的欲望做出不同的定义。"

她深呼吸。等了几十秒。在她周围的草摆动着，草茎尖端摇来晃去的。风里有泥炭的味道。在那个死人样的胖子之后，两个被烧死的人从阴阳界之间的过渡世界里冒了出来，随后坐在一个凹地之处，从此不见了。在很远的地方，好几公里远的地方，有三个骑在马背上的游牧者在他们的牛羊群旁边慢慢地前进。没有人听她说话。她对这些人也对那些人说着话，对那些已经消失的人也对那些远在他方的人说话。她说着话，好像这些人都是近在身边的专注的听众。

"后异国情调的作家们，"她说，"玛丽亚姆·欧莎根、玛丽亚·克莱门蒂、让·杜耶弗德、小林伊丽奈、让·埃德尔曼、玛丽亚·施拉格，还有其他许多人，这些作家都投入政治活动，以便完全彻底推翻在地球上已永久建立的一切，推翻维持永远的不幸的一切，这一切迫使五千亿人口在烂泥巴里、在滚滚尘埃里以及绝望中过日子。这些作家挺身而出，为了铲除人间苦难的根源和种子，而他们首先要除掉的是有权势的主人们及其走狗。后异国情调的作家们不是写烂文章的人，他们拿着枪械投身政治运动，他们走上非法的秘密行动和颠覆的道路，他们不怕疯狂也不怕死亡，而投身于一场只有一丝得胜希望的战斗之中，希望是极其微小的，他们因此成了小兵和孤单之人，很可笑地孤伶伶站立在他们每一次交手都战败的战争前线上。他们甚至曾经对贫困者的孩子们将来得以看见一个没有黑暗也没有黑手党的公平世界的梦想失去信心。即使如此，他们并没弯腰让步，他们继续奋斗，一一计数着死去的男男女女，拒绝背叛这些死者，拒绝投降，拒绝放下武器，当他们在意识形态上和武力上被严厉围攻的时候，以至于几乎不可能自由地生活的时候，他们仍然拒绝在敌人面前修改他们的论述，也拒绝在本质上更正他们的目标，这种态度当然把他们导入死亡的走廊里，或是监狱的走道上，他们被关进囚牢里，好像人们关着毫无驯服能力的变种的有害动物。"

她说得喘不过气来。风把她的话从嘴唇抢走。泪水流在她那张充满热情的迷人的脸庞上。她却不弯臂去擦拭眼泪。她兴奋极了，可她的身体随时都可能背叛她，垮掉或者破裂，她知道最好少动。为了挺得住，最好别动。她站在天空之下，在草原当中。远处的游牧者跟着他们的牲畜渐渐滑进一个山谷里。她再也看不见他们。她的听众当中，只有被烧伤的人还留在她的声音到达得了的地方。那个难看的肥胖死者听她说了一会儿话就走开了，走了一百多米之后，陷进一片芦苇丛里，就没再出来了。乌鸦在青灰和黄灰的草丛以及蒙古芒草之间飞上飞下，它们稍微展开翅膀去察看沟渠里被烧死的人的情况，之后又回来栖息在草顶上。琳达·巫也向它们演讲。

"这就是我们所谓的政治投入。"她说。

琳达·巫哭泣的时候，我也哭泣。不过那不重要。我们此时不是要可怜我们自己。

"后异国情调主义的作家们，"她再次开口说道，"毫无例外地都记得二十世纪从头到尾所发生的战争和种族及社会屠杀，他们绝不会忘记或原谅其中的任何一场悲剧，他们心里还时时刻刻挂念着人与人之间愈来愈严重的野蛮行为以及不平等。后异国情调的作家们不理会那些权贵走狗的建议，这些权威者的爪牙和他们的主人们发出相同的臭味。作家们认为，二十世纪是由含有大规模的痛苦所构成的，而且会二十一世纪继续走同样的道路，因为造成痛苦的客观因素及肇事者一直存在着，他们的势力甚至更强大，他们的人数不断地复制而增多，好像处在一个没完没了的中古世纪。"

琳达·巫停顿了一下。她感到不舒服，面对着风而背靠着墙，大草原的辽阔使她感到晕眩，而在狭窄的囚房里，她每走两三步就肯定碰到某种极硬的而且永远跨越不了的东西。

她想叫喊。

喊声已经冲到了喉头，可她最终还是喃喃地说：

"这就是激励我们把自己封闭在激进的反抗想法里的原因。"

她闭起眼睛。我们不知道她究竟看见了什么。我们不知道乌鸦们是否还在她面前、在沟渠里啄东西，或者它们已经飞走了，我们也不知道死者们是否还在那儿，覆盖着烧焦了的布条，他们是否还听她说话。我们也不知道听见了什么。在无穷尽的天空之下吹着的风传来的是什么？……琳达·巫的一篇讲稿？或是玛丽亚·伊瓜塞尔的一篇讲稿？

"后异国情调主义的作家们，"她再次开口说道，"在被压碎被定罪之后，却坚持在高度安全区里的隔离状态当中，或者在最终会死亡的修道院似的监禁当中活下去。他们的呼吸只在维持他们那已无用处的身体，就这么说吧，他们的身体像有意识的肺，像唠叨的肺。他们的回忆变成一部梦想集。他们的呢喃最终形成了没有特别指明作者的集体著作。他们开始反刍述说着没有实现的诺言，他们发明了几个世界，其中肯定会出现惨败，正如你们所谓的真实世界里的惨败一样。"

她停了下来。她周围的风不再吹打着草，一切静止，甚至乌鸦也不动了。然而，她还希望看得见那些躺在她前面或者坐在她前面的听众，他们却隐藏在地洞里而看不见，被烧死的人应该还在那儿，可是没有任何影子出现。

"正如在死者所谓的真实世界里。"她这样说道。

她思考了一会儿，之后她感觉到她正背靠着墙。她把头贴在墙上，用后脑勺磨蹭一两次水泥墙。之后，她把头摇得更厉害，一直到她听见撞击声，头痛了。她知道从现在起，她必须说快一点以便不忘记她的演讲思路。

"死者们。"她结巴着说。

她感到很不舒服，孤独和监禁严重伤害了她。

她哭了，我与她共泣。

"他们的话语在一个活人愈来愈少的空间当中回响着，"她很艰难地说，"如此，后异国情调文学只能如此被理解：它像最后的幻想而无用的见证，由精疲力竭的人或是由死者为死去的人说的。我们的话语。"

过了一段时间。

　　"当然，"她又开口说，"我们的话语在为人人平等的具体战争当中并没有什么用处，我们认为，应当在监狱墙外发起战争，为了把人们从苦难之中解放出来。军事行动没能打破的困境，作家们的语言也无法改变困局。我们对这件事不抱任何幻想。"

　　她在一段时间之内完全不动。之后，她用头去撞水泥墙，撞了好几次。

　　"我们玩弄着话语的时候，并不以此为荣，即使我们知道我们的诗文跟低声下气为讨好权威者的文字不一样。我们很清楚，自身是微不足道的。在一个为苦难制造者添砖加瓦的文字的世界里，在那个龌龊的舞台上，文字却是没有影响力也没有能量的。我们已经不活在这样的世界里了，可我们的囚牢堡垒也不是一个敢说话就能改变事情的地方。当我们的作家们全都死去的时候，后异国情调的话语将中断，可没有人在任何地方会看到这一点。即便如此，只要我们还有一口气，我们就会进入文字，我们会述说世界。"

　　琳达·巫已经遍体鳞伤，风和孤独再次撕裂着她，她身上满是汗水和泪水。我也是。

　　"演说到此结束。"她说。

开时

　　他记得教室高高的窗户的另一边、天井里洒满的苍灰光线，他记得那飘浮在他的同学周围的尿臊味，那味道很可能是因为地板没擦干净以及书桌黏答答的湿气，而多于因为学生们的内衣和儿童的屎尿，他记得在他的铅笔笔芯之下纸张的微小颗粒及其令人舒服的摩擦感，他记得那种遍布他的脸颊和身体上方的火热感觉，急迫的、渴望的感觉，需的感觉，他记得女老师走到他身旁观察他，可她没说什么，也没干扰他，她意识到他已经打破校规的桎梏，不再听课了，不再注意要做的练习题了，她意识到毕竟某件异常的事正在发生，最好尊重事情的趋势，因为这是不平凡的事情，一个五岁的男孩，才学了认字，就如此公开地逃脱一切制度的束缚，打开一本笔记本，在里面开始滔滔不绝地写一个故事，一个完全不像其他故事的故事，他记得把那一本簿子涂得黑压压一片之后，写满了他那歪歪斜斜、前颠后倒、乱七八糟的字词之后，他又拿起第二本簿子，随后第三本，坚决不惜代价地写下去，突然不再顺从命令和惯例，越过了一切的权威，最先就是忽略了从他身边擦身而过并且停留了一下子的女教师的权威，她很好奇地看他正在做什么，因为他极端专注于写作，完全投入在叙事里，他也记得那些在他脑海里不停打转的意象，从此牢牢固定在那儿，大人们的谈话也在他脑海里一句又一句地浮现，可他不晓得怎样把它们写出来，他记得密林、森林和那些似乎反射火灾的云朵，他记得动物们、喊叫声和穿着太大的破破烂烂的外套、被吓坏了的乱跑的小孩们，他记得那种刺他眼睛的热气，他试图控制火热的情绪，赶快写出字母并且一行一行地排出他在那之前从未用过的词，他年纪还很小，还处在一个对他来说一切——话语、感动、意象、梦和现实、知识——都是新鲜的时期，他就是记得那种天真的胜利感，那种感觉载他前往，一直到想象他刚刚进入自己所编造的故事的世界里，也想象他编构了一篇文章，其内容比他这个年纪的孩子会自然做出来的文章还复杂，他为此感到一种明显的骄傲的喜悦，他也记得自己决定不在他手指书写的文字所累积的阻碍面前止步，认为最最优先的事不是为了取悦女老师而在拼字上有所进步，而是滔滔不绝地写下文章，不管其他一切地书写，不管是否违背规则也不顾文法上的不精准——他猜想一定有很多的——只要文章存在，再说，他也不想私下把这篇作品拿给大人们阅读，当然更不用说拿给他的同学们阅读，这些人当中大部分还很难读出两个音节以上的词呢。他也记得确定该文章只为他自己而写，不为任何读者写作，当他开始在第一本笔记本上书写的时候，这份信心就带给他力量。他也记得那是在十月发生的，在天井里，早上的光线渐渐稳定的同时，下起了一场奇怪的雨，类似"圣母马利亚的线"的那种细雨，就像那个时代里经常发生的事。秋天里，一种柔柔的雨，或者更准确地说，一种柔柔的雪，小蜘蛛吐出来的成千上百的长丝所组成的雪，这时候，他记起那个女老师的名字以及几个同学的名字，其中大部分是女的，为了回答那个邪恶的粗声音再次问他的问题，同时有人在他头上打了一拳，他说：

"我不记得。我什么都不记得。我脑子里一片空白。"

随后拷问他的人不相信地持续了几秒钟，又捆了他一巴掌，这一次，正打在他脸上。

拷问的人有两个，一男一女，交替着审问他。在那个巴掌之后，那个女的用尖锐的声音重复了同样的问话。他们用完全荒谬的方式审问他，已经审问了十分钟了。他们到底要他招认什么？他想不通，也尽量不去想。他在别人的手里，而且他不想配合，他从来就不和审问者配合，即使眼前这两个人多少是跟他同一党的，即使他们跟他一样，在知识程度及社会地位上，实际上都属于失意落魄那一类的，他重新应用了反抗分子从前所用的手段。他假装什么都听不懂，尤其是，为了使他装出来的愚蠢看起来像是真的，他勉强自己什么也不明白。他试着深刻地感觉自己又愚蠢又被动。他现在面对的是吼叫和虐待，他当然不能否认它们，可同时，他远离现实、远离一切而飘浮着。只要是他能屈身的地方，他就在那里藏身，他得以藏身的最后碉堡之一，是他的某一段童年，那也许不太坚固，但是远离现在甚至也远离过去。他从前已调制了这种内在逃逸的窍门，当他被带到警察局的时候，他就使用该逃离手段，在审判期间面对判官的时候，他继续用它。稍后，在精神科医生面前，他也用同样的方法，而此刻，面对他那失去理智而发疯的昔日战友，他想最好再次把自己隐藏在那个极深的元始里，远离成人的残酷世界。人们对他拳打脚踢，人们要他说话，要他说出他们想听的话。他让他们打他，让他们生气发狂，他飘浮到别的地方，到一个秘密之处，他在那儿飘浮着，在一间小学教室里，远离当下的现场。

他记得，当他用左手按住他正在书写的笔记本的时候，他想象在他周围的一个背景，全班的学生，大约二十五个以上，二十六或二十七个，但不会超过三十个，其中有琳达·巫、埃利亚内·舒斯特、慕尔玛·尤苟丹，是他的三个女朋友，是他在棚下和洗手间里的玩伴，还有一个小男孩，让·杜耶佛德，他爸死于枪决，那男孩就坐在他后面，年纪虽小，顶多六岁，可是个性很强，提出的诡奇颠覆的点子可不少。不过，他最近几天安安静静地打着瞌睡，毫无疑问是被十月的闷天气，被这个十月的早晨的沉寂给闷呆了。虽说他想象在他周围有这些构成他的生活的同伴，他也感觉到女老师对他的监视，因为即使老师容许他继续书写，写一个学校不在其中而又与之平行的文字世界，即使她认为最好不要干扰他，她却注意使他的出轨态度不会引起其他人的反动，而一起跨入他的"无人之境"。他也记得教室窗外天的颜色，那是一种惨淡的羊毛色调，天还布满早晨的厚重云层，在灰茫茫当中只露出一线羞涩的蓝。他记得"圣母的丝线"，那些飘浮在空中的细线，背光之下看不见的极细微的发丝，但当它们在学校天井的树叶前飘飞的时候，当它们在栗树和椴树前慢慢地飞的时候，人们就清楚看到它们的银白。他记得他片刻之间差一点儿被那个外面空气中的丝柔般的物质、被那种神奇的雨给分了心，因为强烈的兴奋燃烧着他，那兴奋要他除了书写之外就忽略其他的心理活动，他对世界上奇怪的事物、对大人们感到不安的超自然现象保有一种好奇心，秋天出现了飘浮在空中的细线，就属于超自然的奇怪现象，有人对他说那是极微小的蜘蛛在迁移，而另有些人犹豫同意那种说法，比较愿意说那是天使的头发，并且把它们大量的出现跟深夜飞过的宇宙飞船连在一起。人们不知道它们来自哪一个星系，住在其上的造物者不希望与人类和人渣来往，但是他们观察并且评论人类和人渣。还有一些人，像让·杜耶佛德的妈妈，说关于那点学者们彼此之间意见不同，说某些学者确定天使的头发来源肯定是植物性的，而不是动物性的，因此排除了它们是蜘蛛的假设。此外，拉马尔克的理论并没有真的被打翻，他主张那是一种雾气凝聚而造成的现象，因为确实也是，那些丝线一旦放到地上时，就立刻消逝、蒸发、升华了，所以他记得有一会儿之久，与其全然地被他的心神和手指尽全力地用小孩的话语去描述的意象所占据，他反而试着抬起头看着那片鬼魅般的云彩的变幻。不过，他马上毫不困难地抗拒该诱惑，又回到他的作家工作上。他还记得在他短暂的分心之际那句他正要写完的句子，他就重新看到眼前那些马马虎虎的字形，那些无法排得整齐的横向字行，他再次感觉到那支使他的手指紧张的粗黑铅笔的不温不热，也感觉那种燃烧他的眼睛后隐藏的骄傲和必然性，好像在他的头里吹着微风，他再度倾身于彩色的卡纸上面，那纸张毕竟是比草稿笔记本的纸还黄一点儿，也比较厚一些。他很轻易地读着下面这段文本：突然他听到噢也噢也噢也噢也噢也那是红色警察从森林出来带着狮子蟒蛇胖大乌龟突然他看到飞机早上飞过就消失红色警察对他们说白色警擦杀了森林里所有的动物所有的孩子和蚂蚁都对他们说飞机堕落到暴风中的母里。他记得在他脑海里撞击的那句话和那些意象，在他体内流着热热的醉醺醺的陶然感觉，一想到他正在写一个故事，写应该写的故事，完全就如应该用的手法去写作。他记得这份陪伴他的满足感，即使他写得很辛苦，而且一点也不流畅，因为他的手指还无法控制基本的反应和规则，他记得那种内在的夸张与撰写人的快乐重叠而使快乐加温，也记得他从外面审察自己那种难以解释的夸张感觉，带着友善，从上往下地，像一个大人会做的那样，譬如那个女老师停在他的肩膀上方应该会做的那样，他听见她走在他的背后而且停住脚步。他记得那个女老师的名字，他之前把它忘了，蒙蝶太太，是蒙蝶太太，他说：

"我无法回答您。我的记忆空白。他们用电击把我的记忆掏空了。我什么也记不得了。"

他们再度打他。一顿拳打脚踢，打在胫骨和小腿上。他晃过来晃过去，他们把他绑在一把轮椅上，他躲也躲不了。他们把他往墙壁推，任他去，又把他抓回来。他们身上套着从医务人员那儿偷来的白大褂，但是，即使闭上眼睛，没人会把他们看作是精神科医师，也不会认为他们是假装成精神科医师的警察。他们的臭味、他们的疯狂眼神、他们的神经质背叛了他们。他们只不过是两个在特别的精神病监狱里握有权力的病人。他们唯一的权柄是暴力。他们坚持要他承认他跟地下组织及外星人有关系，要他承认自他出生以来，他就玩弄双面人游戏，说他假装跟他们一样地不正常，说他知道将要肇事的坏人的名单，说他写书的时候就把机密命令暗藏在所有的篇章里，那些机密鼓励人违反规定地暗中进行一种耐心的抵制，他们要他承认他准备把人类变成蜘蛛。这些就是他们期待他承认所干的坏事。而这一切混杂了精神错乱、旁白及喃喃自语，使得他们的问话变得不清不楚甚至荒诞可笑。他知道他们已经有杀人的疯狂，他们是无法控制的疯子，他从一开始就放弃想他曾经跟他们一起走过一段苦难的时期，而且还是一段没完没了的医院和监狱时期，他也想即使一切显示这一次将是最后一次了，最好不要太看重它。

穿着医护人员的白大褂的男人，年轻时曾经因为犯了一系列的政治谋杀案而被判刑入狱，在重刑犯监狱里被关了二十八年之后被转送到特殊精神病疗养院。他五十七岁了，如果不是变成尸体的话，他再也走不出这个地方了。很久以来，他完全不了解外面的世界，他的神经系统生锈了，使他只用愤怒和恐怖去解释他周围的事物。他杀死了医务人员——他认为医务人员的目标是消灭所有的囚犯，用可塑造的面团取代囚犯——而控制了这个地方之后，他不想逃出去，反而乐于负责需要立即处理的管理事务。他委任一组经验老到的食人族负责保护疗养院整个建筑。他本人则进行选取幸存者的名单，他审问有嫌疑的人，做出草率的审判。他的室友是最受威胁的，因为他花了好几年的时间学会了不相信他们。这些人当中，他已经打昏了两个。他叫作布鲁诺·卡扎图良。在他的头上可以看见电击用的点。

穿着医护人员的白大褂的女人名叫格蕾塔，姓氏未知。她住进疗养院的时间还不长，两个月之前才进来，不过这短短的时间就足以让她取得布鲁诺·卡扎图良的信任，至少足够使他成为她的情人并且以凶杀之热情聆听她的杀人建议。她因残暴地袭击他人而被判刑，她没办法适应普通的集中式囚牢，所有的监狱最终把她丢给精神科医师。医务人员经常说她是女病人

区里最危险的病人，说她表面上看起来安静的时期其实掩藏着狡猾的愤怒，只要有机可趁，随时会爆发。格蕾塔很积极地协助布鲁诺·卡扎图良及其他几个人进行刚发生的血腥反抗。从此之后，她主持筛选受审的名单也主持审问，在布鲁诺·卡扎图良可疑的指示上面，她加上她自己错误的指控。她的头发颜色从前毫无疑问是乌黑的，而现在当她激动地比手画脚的时候，她的头发乱飞，只见一团乌黑变成肮脏的灰色，好像灰尘。

被破坏得无一物幸存的主治医师诊疗室里，在主治医师的尸体、他的助理的尸体和两个监护工作人员的尸体的上方，格蕾塔和布鲁诺·卡扎图良再次说起话来。他们两人都有噩梦般的语调，他们偶尔还喃喃自语，受制于他们的怪癖和他们拒绝表现出来的内在恐惧，这些因素使他们的嘴巴扭曲，他们也因为不知道自己的说辞的来龙去脉而仓皇失措。有的时候，他们甚至迷失到忘记他们正在质询他们的牢友当中最固执的那个人。

"首先，不能让月亮下来。"格蕾塔说。

"哪一个？"布鲁诺·卡扎图良问。

"月亮，晚上的月亮，"格蕾塔说，"不能让她下来。她

没着火。发臭的月亮。"

"那个把旧床搞得臭死了的月亮。"布鲁诺·卡扎图良确认。

"就是嘛,那张旧床,"格蕾塔兴奋地说,"旧母牛桶,沟里的吸血虫。他们试了一切的办法。可她没着火。闻不出火的味道。从来就闻不到火。"

"她什么时候会下来?"布鲁诺·卡扎图良喃喃说着。

"她不会下来!"格蕾塔火了,"她臭死了!她臭得像菲利普妈妈的围兜儿!"

"那个老鸨,"布鲁诺·卡扎图良脱口而出,"可不能让她下来!"

"你不懂,"格蕾塔讥笑他,"菲利普妈妈的围兜儿。那个老鸨的围兜儿。要是她把我们这样揂着,我们就完蛋了!"

他们靠近他。把他撞翻了。布鲁诺·卡扎图良抵住他的胸口。布鲁诺·卡扎图良摆出拳击手的姿态,令人不安地甩着胳臂,看起来很专注地要在他的太阳神经丛上打出致命的一拳,可是,他最终没成功。

"你,"他质问他的囚犯,"菲利普妈妈,你认识吗?"

"没人认得她,"格蕾塔说,"就是她杀了我,这个臭婊子。我还小的时候,她跟武力联手。她把我甩在的她的围兜儿下面。"

"他,认得她。"布鲁诺·卡扎图良说。

格蕾塔在那间屋里走来走去。她的头发乱飘着。

"她杀了我,这个老鸨,"她重复说着,"她把我甩了,她那臭婊子的围兜儿顶着我的鼻子。我那时候还很小。她跟其他的人一起。他们一起把我干了。"

"他也是,他跟武力联手。"布鲁诺·卡扎图良再次开口。

他一边说一边踢了轮椅一脚。轮椅滑了半米远,快要撞到墙了。那个囚犯发出了一声呻吟。

"我们必须把他干掉,"格蕾塔承诺说,"我们甚至不用等到月亮下去。随后我们就可以杀掉所有还活着的人,我的父母,还有……我的父母,那一帮下流烂货……他们跟菲利普妈妈联手合作。他们就像他……我们把他们全都干掉!"

"他也跟我们的父母联手合作。"布鲁诺·卡扎图良含糊地说,"跟黑暗的武力。跟魔鬼。"

"跟把尿撒在月亮上的魔鬼连手,"格蕾塔补充说,"跟资本主义的魔鬼和跟在月亮上撒尿的魔鬼。"

"你会承认,对不对?"布鲁诺·卡扎图良大声吼道。

"跟资本主义,也跟菲利普妈妈。"格蕾塔大吼着说。

他们又回到他身边,打他。

他逆来顺受,几乎平静地等待他们的愤怒越过一个新的阶段而把他宰了。他知道他的死期快到了,与其为他的生存做个总结,与其去回想在疯人院度过的最后这十年,那是一条由打架和神经衰弱构成的单调的长链子，或者回想进疗养院之前的游击战生活，或回想发表了的小说或者发表得糟糕的小说，以及被监禁在安全性很高的营区里，他宁愿躲到蒙蝶太太的课堂里。

一个十月的早上。

留在天井的日光像是一个没完成的清晨。

一个灰色的早上，苍灰色的。

他的同学们的尿臊味，还有尿和抹布的霉臭味，从书桌也从每天晚上擦洗过但秋天里干不了的地板传过来。

在教室窗户玻璃之外，成千的神秘丝线飘浮着。

蒙蝶太太走过所有学生座椅之间的通道，给学生念着基本算术的算法，精明地监视坐得离他很近的学生不使他分心，当让·杜耶佛德在他背后骚动起来的时候，她对让·杜耶佛德吼了，她甚至在让·杜耶佛德的笔记本当中借了一本簿子并且把它放在他的旁边作为第四本书写用的本子，以便他能够不停地写下去。

他记得那场第一次的文学写作，他记得在第一本簿子上他写下了数字一，他加上了一个题目，开时，他蒙眬地感觉到有一天必须想到结束的问题，有一天他不得不结束，不过那可是很久之后，非常久之后的事。有关这点，他记得那种往前冲去而永不回来的强烈感觉，这种感觉容许他，或者更正确地说，迫使他抛弃集体规则，班级的规定，他不跟其他的人一样地做算术练习，这种感觉迫使他写完了第三本簿子，然后拿起第四本簿子。他记得当他在簿子上写上数字然后用手把它们摊平以便书写的时候，他顿然感到一阵兴奋，很明显地是因为他为他的作品再加上新的一册，为这个看起来庞大的作品。他记得开始写第四册的时候，外面的苍灰愈来愈深，他察觉到慕尔玛·尤苟丹探询的眼神，他没响应，马上回到他的书写上面，有关慕尔玛·尤苟丹，他记得她的舌头接触他的牙齿时的感受，因为远离大人们，在一个大人们忽略的真实而私密的地方，蒙蝶太太班上的孩子们经常体会性经验，至少好几个组成一个小团体的孩童都那么做，他就是其中的一分子，他们当中有慕尔玛·尤苟丹、让·杜耶佛德、琳达·巫和爱莲·徐丝特。他记得他们有时候一起关在厕所里，他们在那里面毫无感情地发展他们的儿童性欲基础，没有感情，只是单纯的好奇心，尤其感觉满足了某种需要但没得到什么，除了因为觉得像大人一样，并且避开他们而行动，因而有小小的幸福感，他突然同时记起厕所里的性活动和他的作品之第三册的第一句话：十二年之后他回来了带着下毒的食物要毒死蟒蛇胖大乌龟和火星人他看见绕着村子的树是红色的街上的警擦死了火星人把他杀了。他记得这句小孩的句子里所拼错的每一个词，同时也记得慕尔玛·尤苟丹的牙齿接触他的舌头时的感觉，因为他们躲在厕所里偷偷所做的活动之一就是互相舔对方的牙齿，轮流着做，除了尽义务就没什么其他的快感，他还记得他们所做的其

他的活动，那也没激起他们任何热情，他们在静默中交媾，
需要转动的时候才动，也没想到他们正在打破禁令，他们
脑子里根本不知道什么是禁令和禁忌，只想到他们在厕所
里微弱的灯光之下很不舒服，但是不管怎么样，他们的行
为响应了人体无可争议的自然需要，这也是为什么六十年
之后，他不觉得尴尬也不感到羞耻地记得爱莲·徐丝特在
他面前拉下她的内裤，他就嗅她的屁股，琳达·巫蹲在他
面前，没说什么话专心地观察并且玩弄他的性器官。有一
天，让·杜耶佛德在他嘴巴里撒尿，他记得当慕尔玛·尤
苟丹探询的眼神和他的眼神相遇时，厕所里所发生的事便
再次浮现，可他把那些回忆压回去，清楚地知道他绝对不
容许自己分心，即使是一秒钟也不能离开他一个小时之前
开始从事的故事写作，他不想暂时停笔也不想结束该故事，
他记得在下课铃声响起之后没多久，教室渐渐没人了，他
的同学看了他一眼，没说什么，但做出惊讶的表情。一方
面是因为他继续写，没站起来甚至头也没抬起来；另一方
面蒙蝶太太并没对他生气，没对他说出任何的评语，她反
而鼓励其他的学生出去而不要留在教室里打扰他，还小声
地对让·杜耶佛德说不要拉他的袖子或扯他的头发，应该
让他一个人留在教室里，在世界之外，单独跟他写的故事
在一起，如此，他才能在下课十五分钟之内，当其他的小
孩喊叫着、打来打去或者互相追逐和玩耍的时候，好好地
独自一人不受打扰。他记得他那段时间里写得更好也更快，

在下课休息快结束之前，他已经拿起第五本簿子，毫无疑问地从让·杜耶佛德的笔记本当中偷来的，这第五本簿子开端是写虫子的成长：小孩们回来了他看见天上有火星人想爬上森林里的蜜蜂身上爬上鳌峰身上但是它没办法做到它把它们沙似了虎头蜂来倒了把火星人伟起来小孩们喊着噢也噢也噢也噢也噢也好叫他逃生胖大的蝴蝶也似了。他记得下课休息结束时，当所有的学生走过他身边要回到他们的座位时，每一个人偷偷地瞧了他一眼，似乎小心翼翼地避免和他有接触。他那时候想，他生病了，他发烧了，他的脸庞烧得红通通的。也许除了他内在书写的火热之外还有别的发烧原因，也许是他得了大人们经常提起的可怕疾病当中的一种，那时候，他不知道那种病的发病症状，更不知道那病名怎么写，脊髓灰质炎、伤寒、骨痨、财阀政治的贪婪、瘟疫。

在他旁边，格蕾塔和布鲁诺·卡扎图良拖着血和汗的臭味，混杂着他们的受害者在死前发出的屎尿臭味，那是主治医师和他的助手了解他们活不了的时候所放出的，格蕾塔和布鲁诺·卡扎图良已失去了耐心。他们又一次冲向他，撞击他，他们把他的轮椅丢向墙壁，用尽力气打他的脸。他们再次威胁他如果不合作的话就把他宰了。他们没看过他写的书，可他们也没忘记他是以十年之间用武器和爆炸品对抗警察而出名的人。他有一种叫他们害怕的光圈。他主持过为正义而行的突击活动，杀死了人民的敌人，而其他所有的人那时候认为人人平等的一切理论已经如同柏林围墙倒了之后那般地过时了。他们毕竟希望他跟他们同盟合作，不论是他对他们承认千年以来他就是一个黑暗武力的非法头目，或是为他们规划出一个策略得以带领他们取得最终的胜利。说到底，他们不确定他究竟是一个需要说服的盟友或是一个敌人。他们最想要他做的是，帮助他们把黑暗势力赶出疯人院，为他们定出一张为警方工作的间谍的名单，他们希望他铲除掉最后的护士、火星人、殖民者和普遍的资本主义的世界。他们要他清楚地宣告他对在月亮上撒尿的资本家，对厨师们和食堂，还有对菲利普妈妈的看法。

"我不知道，"他偶尔呢喃着，"我无法集中精神。我不知道谁是菲利普妈妈。我在这儿从来没见过她。或许是别的故事吧。"

他们揍他一顿，在他周围转着，有时候跨过尸体，有时候跌在尸体上而喊叫，他们很不耐烦，他们抓起他的轮椅，把它撞在柜子上，撞在桌子上，撞在墙上。他们喃喃自语，他们吼叫。他们不定时地虐待他，有的时候，他们似乎又忘了他们在审问他。他们突然对话起来了，或者争执起来了，好像没有其他的证人在场。他们的对话牛头不对马嘴，使人惊颤害怕。

"菲利普妈妈就在野性的边缘。"格蕾塔说。

"这个老鸹，"布鲁诺·卡扎图良吼着说，"你干什么用她来烦我们？你怕她跟吃人族　来吗？你怕她跟尿尿月亮来这儿吗？"

"你不懂，"格蕾塔火了，"　利普妈妈跟我爸妈在一块儿。她会宰了他们。她会宰了　有的人。她会宰了护士们。"

"他呢？他跟护士们同谋过　布鲁诺·卡扎图良问，"给他们的囚犯打了一拳。"

"那肯定的，就像二加二等于　，"格蕾塔喊着说，"他是菲利普妈妈的间谍。他跟这个　鸡同谋过，跟我爸妈同谋过，跟护士们、跟武力同谋过。"

她打他一巴掌，随后又不理他　。她走过来走过去，口吃般地喃喃自语，并且踢主治医　和他的助手的尸体一脚。她走向窗户，面向外头做鬼脸　然后转回身。她那头灰发跟着她窜动，在她后面动，乱七　糟地动着，跳动着，飞翔着。

她走向他，走向轮椅。

"不管怎么样，你完蛋了。"她说。

她狠狠地笑了起来。她玩弄着一把她从主治医师的办公桌上拿来的订书机。她用那把订书机在他头上捶了一下，但不想敲破他的头。

"那甚至不是菲利普妈妈的故事，"布鲁诺·卡扎图良嘀咕地说，"跟火星人交往的那种事。他跟火星人交往，就是这么回事。"

他撞向囚犯。他打囚犯的头和脖子。

"跟火星人交往，也跟你爸妈交往，"布鲁诺·卡扎图良火了，"要叫他吐露出实情。这是一个恶棍，跟其他的恶棍一样。"

"他不帮我们除掉火星人，"格蕾塔说，"自从他也是火星人之后，他保护他们。他像一只老母鸡般地保护他们。"

"他把他们放在肚子里和脑子里。"布鲁诺·卡扎图良说。

"他保护他们，"格蕾塔说，"他还有菲利普妈妈！在他的肚子里和脑子里，他还有菲利普妈妈！"

"他们从一开始就把我们干掉了！"布鲁诺·卡扎图良愤怒地说。

他们又揍起他来。有半分钟之久奋力地揍他。他呢，他被打得摇来晃去，他不说话。

他脑子足够清醒以了解他几乎不可能逃过这一劫。那两个疯子已经清清楚楚地证明只要他们情绪突然转变，他们能杀死任何一个人。他们自从早上取得权力之后，搞得人人惊颤发抖。他们的背后是一条宽大的血河，少数几个失去理性的人跟着他们一起动乱，那是一些什么事都干得出来的吃人族和几个跟他们一样疯狂的疯子。在他们面前，一切都是虚无的。他知道他们是完全不讲道理的，最好不跟他们讨论。每一句对他们当中的一个所说的句子，只要稍不符合他们的末世观，就会被认为是挑衅。他们很可能随时会毫无预兆地把他拖进公用的大厅里，把他跟其他的病人人质关在一起，那间所有的百叶窗都关上了的大厅，他们在那间厅里已经泼洒了三罐酒精，以便一旦有外面的武力介入时就引发一场火灾。他们也可能突然中断审问而用一把椅子或玻璃碎片把他解决掉，就像他们干掉监护人员和疗养院工作人员一样。权力已经被牢牢地控制了，事情发展得过头了。

权力已经被牢牢地控制了。

特殊精神病疗养院变成一片战场。

事情发展得太过头了。

绝不可能往回走。

他猜想，远处，警车笛声乱成一团，警员们用扩音器不断重复喊话，他们跟那些持刀的精神分裂症患者，跟藏身在守卫哨亭附近的吃人族们协商谈判。他假想，处理紧急状况的专家们正在研究夺回场地控制权的对策，可在他内心深处他明白警方不会及时介入来抢救他，他清楚当整个行动结束的时候，格蕾塔、布鲁诺·卡扎图良或者他，他们三人当中没有一个能够得以幸存。

"警察，"布鲁诺·卡扎图良口吃地说，"你们听到了吗？"

"啊。"他说。

"听到了吧，"布鲁诺·卡扎图良说，"警察靠近了。"

"我们就在野性边上了，"格蕾塔说，"我们很有势力。

我们掌控着情势。警方不敢对我们做什么。"

"要是他们把月亮放在牛前面，我们怎么办？"布鲁诺·卡扎图良问。

"要是菲利普妈妈舞动她的围兜儿，我们就到处放火，"格蕾塔夸张地说，"她落在我们的手里。现在，她很小。我们一旦握紧了手，她就消失了。"

"要是他们靠近我们，我们就抓他们的头子。"布鲁诺·卡扎图良建议。

"他们吹响他们的号角，"格蕾塔说，"他们吹响他们的世界末日号角。我们可不怕他们。我们也可以吐出世界末日的火焰。"

"只要他们挑衅我们。"布鲁诺·卡扎图良口齿不清地说。

"你不懂。"格蕾塔火了。

"他们有外星人，"布鲁诺·卡扎图良说，"我们有他们的头子。他们不能对我们怎么样。"

"我们就在野性边上了，"格蕾塔再次做了个鬼脸，"那些恶棍最好别靠近。"

他们在那间医务室里越走越快，越来越不耐烦，这间房间现在看起来太窄小了，因为他们在那里面到处走动，而且不管他们做什么，他们总会碰到障碍物。走个四五步，他们就碰到墙、碰到一个家具、一个尸体或者被他绑在轮椅上的囚犯，这个囚犯努力装作没看见他们。

他嗅到他们肮脏的衣服的味道，嗅到不洁的油垢、不洁的血和汗水。

致命的一刻越来越近了，他不做任何美好的幻想，可他拒绝为之难过或恐惧，他不要为即将发生的死刑难过，他不想回味那种情况的荒谬，他拒绝哀叹他的囚牢伙伴们因为疯狂和错乱而要杀死他，这当然是他在他的书中会想到的情形，他会放在一篇罗曼史的情节里，但是他未曾为他自己想象过那样的下场，他试图克服因必须死得那么愚笨不值得而感到的失望，就是死在昔日的狱友或者假装是狱友的手里，他们在意识形态上也许没有他那么分明，但相近，说到底，他们都陷在同样的不幸当中，跟他一样地被隔离，产生幻想，疯狂的孤寂，他也不再拖延那个他几秒之前还抚摸着的可鄙的希望，在他内心仍然留存着那个希望的痕迹，而且是以暴力的场景留存着，在那个场景里警方最后解救了他，在那些暴力的救人场景之中，终场是和敌人抱在一起，跟敌军的士兵抱在一起，他们的军服有军人皮革的难闻的味道，有油炸食物的味道，有火药粉和血的味道，这是为什么他不在他自己的死亡意象当中高兴，也不在他那极不可能的释放的意象当中高兴，一旦排除了这点，他再次克制自己想快速地回顾他那失败的一生中的重要事件之诱惑，他不想往内心里投射简单介绍他身为作家和战士之历程的那部庄严而怪诞的影片，那是一个战败的艺术家战士，在一场以泄气和空无作为结束冠冕的战争所发生的版图上永远流离失所，他所做的是一场反抗资本主义、反抗军事工业机器和资本家豢养的滑稽的知识分子的激烈之战，他不希望在所剩下的最后几分钟里重新燃起失败的战争之回忆，那令人沮丧的几十年，那条没断过的链子，失败、背叛、逮捕、逃离、监禁、囚牢生活、劳改营生活、最后被关在特殊的精神病疗养院，然而他又想永远忘记他的作家工作，那般不规律和可笑的工作，在那些他已经忘了它们的书名的出版了的或者没出版的书当中，他只记得它们是一堆混在一起的卑俗故事，可仍然有某种东西留在他的意识里。他了解到他内心继续反思着一个他从未放弃的文学计划，那就是要整合他所有的作品，把它们凝结成一部最终的作品，甚至凝结成结束整个著作的最终一句话，响应第一个故事的第一个词之最后一次的空谈，回应那个写在第一本笔记本上面的标题"开时"。他记得在他还写作的时期，在他还未因参与武力行动而放弃书写的时期，他梦想过完成他的文学殿堂，当然是以小说的形式，而且肯定不得不写"结束"或"结尾"，他梦想过从此永远不再为书写语言操心，他随后对自己说他的文学计划太幼稚了，总之，太形式主义，野心也太大了。他想，没有办法在他死去之前在最后一页写下"结束"或"结尾"，这不过是多了一个失败，一个不重要的个人失败，一个微小的溃败。他的思路便又回到那个十月的早上，蒙蝶太太的课堂里，他宁愿在那里，在开始之处，他再次看到自己在下课时间里独自一人在没有人的教室里热情澎湃地书写着模糊而难以解释的、晦涩而创始的故事，他因此回到他写作热情的最初时刻，他顿然记起当他用一支褐色蜡笔写下第一个词的时候。他后来便用一支普通的画笔，他记得在写"开时"的时候，他感到一个稍纵即逝但是令人晕眩的兴奋，他感到事实上他继续写着某个东西，那是他既无法表达也无法理解的，他感到自己走在一条把他连接在一个过去、一个前世的通道上，他记得那条通道才被感觉到就消逝了，他也记得他怎样很确信地写满那本草稿纸簿子和那本练习簿，好像那是自然而然的事，是一个他长久以来天天做的手工艺匠的动作，甚至就是向来决定他的日常生活的因素。拿起一本簿子，要在簿子上面写下虚构的故事，用手背把纸张弄平，随后马上在纸上开出一条路，立刻以歪歪曲曲的字母和词句说出，有一个很远的国家远离很坏的黑人示野蛮人。他记得他的簿子的颜色，褪色的胭脂红和褪色的花园绿，还有第一页上面的插画，一个男孩和一个女孩的背部，他们惊叹于科技进步以及瓶装的丁烷所提供的舒适生活。他也记得在笔记本的背面有乘法表，在簿子的折边再次出现那栋房屋，那个小女孩探身看一个锅子和标准型洗气瓶，他再次嗅到纸张的味道和脏水洒过的地板味道，还有那支他用手指抓得很紧的画笔的味道，他的书桌的打蜡味和抹布的味道，但是此刻他没办法把那些在下课之前和下课时候占据他心绪的意象召唤回来。此刻他记不得那些意象了，也许是因为被眼前愈来愈强大的噪音分心了，也许因为现实的激流突然在他周围呼啸，追上他，因为他听到在诊疗室的下面的草地上有喊叫声、鸣叫声和爆炸声。就在他对自己说簿子、笔记本、他的生命在世界上都没有任何特殊意义的时候，他猜想格蕾塔和布鲁诺·卡扎图良正在那间诊疗室里到处乱跑，他们又疯狂又气喘的，他还记得那天他所写的词句当中有一句是：当他看到森林里的动物害怕它从树木和母之间套出去他对村里的小孩说闭上眼睛他沙了它们当红警擦走出了森林时他们汉着攻技攻技他把他们都沙了。这句话才浮现在他的回忆里，格蕾塔就抓起她早上用来敲破主治医师的头的那把锤子，她举起那把锤子，用它打破了一块窗户，然后往突击队的方向敲打窗户。他们奔驰在草坪上，格蕾塔只是一个女妖，处在玻璃碎片当中、在翻倒的家具当中、在尸体当中、在血液和催泪瓦斯的强烈味道当中。这个女妖吼叫着，她喊说菲利普妈妈将不会有最后的一句话，不管怎么样，一切将终止。他感觉到，一种满足开始降临到他身上，他想不管怎样他的生命服从了某一种逻辑，即使遇过逆境，事情循环得差不多又回到原点，格蕾塔靠近他，摇晃她那把锤子，打他的锁骨、他的头，把他杀了，她用一种疯子和非人般的声音不断地喊着一切将终止、一切将终止。

　　啊，他想。她呢，再一次大喊："一切将终止。"

感谢

要是没有玛儿塔和卜里斯·别留津把我从我和那个装着手稿的公文包一起意外掉进去的洼地里捞出来的话，我就永远不可能完成我的文学著作，交给我的出版社《在字卤砳家的约会》的定稿。所以我在此要特别热忱地感谢玛儿塔和卜里斯，这两个细心的人，他们头脑反应很快，知道去寻找救人的绳子和木板以及有着漂亮的苏格兰花样的毛毯，我得以在那张毯子里苏醒过来。

不用说，我当然也没忘记哈维亚乐和艾德玛·马瓦旭，他们的宝贵建议协助了我做好去亚马孙河的旅行准备，还有他们的朋友窦尔玛·冬，当我的飞机被劫机而降落在布宜诺斯艾利斯的时候，他在他的庄园里慷慨地接待了我。

也谢谢米利娅·佛尔班，她在道别晚会上容许我抚摸和亲吻她甜美的乳房，因而给了我写《乐园里的摩拉特珀佩克》之结尾的灵感。

格哈特·李特福和他的女伴柳德米拉介绍我认识保管马尔巴赫维利档案的主任，由于他们的交涉，我才得以参阅于勒坎·马尔巴赫维利的笔记，而能够在地震摧毁那些档案之前为我的小说《长期早睡》抄下几句资料。感谢这三个人，也向那位档案管理员道歉，很不幸，我再也无法找到他的名字，也找不到他被埋在地震碎片里的尸体。

我的小说《道别晚会》要大大归功于下列人士，我衷心地感谢他们：欧柳达·阿拉尤冕、醉慕·李-巫哈维安寇、醉慕·里夫曲兹、别拉·卡玛雷亚、梅亦·达佳纳勒、洛拉·嘉芙哈基斯、蒂莲娜·巴拉冯、宜蒂因·塔哈美绛、伊琳娜·甘、伊琳娜·尼尔瓦年、基流查·贾尔巴、窦德娜雅·杜昂兹、梅玛·康斯塔特、莎洛妮娅·卡哈卡先。没有她们的帮助——有时是临时而有限的，有时可是很重要的，我就不可能完成我的写作计划。愿她们都知道我对她们的感恩是深重而长久不变的。

谢谢格丽高利亚·巴勒萨勉，她是第一个向我建议述说米卡·施米茨的冒险和他探察蓝湖的悲剧的人，在我选这个冒险故事作为《正义者的太阳》的中心主题之前，没有任何小说对它感兴趣，读者大众，甚至该湖区负责救援的办事处完全不知道他的故事。感谢格丽高利亚的爸爸，尤利乌斯·瑞驰曼，他让我参考使用米卡·施米茨的一张明信片，我因此得以开始我的调查。谢谢格丽高利亚的丈夫，贝纳尔多·巴勒萨勉，他好几次把我从车站载到他在乡村的别墅，在我跟格丽高利亚交谈的长长的下午，他就远离别墅，以免打扰我和她交换亲密话语，这些枕边细语随后就丰富了《正义者的太阳》的开头几页。最后要感谢格丽高利亚·巴勒萨勉的园丁，哈勒发尔·沙哈诺加尔，有一天，他脑子反应快地把贝纳尔多·巴勒萨勉挽留在花园里，那时候，格丽高利亚和我正在一起淋浴，彼此为对方穿上衣服。

没有迪亚曼特·扎立亚莲的话，如果不是她在我住在朋迪榭里治疗忧郁症的二十七个月里接待我并且安慰我的话，我就不可能写出《无用的红鱼》。我在此向她致谢意。也感谢迪亚曼特·扎立亚莲的妹妹迈拉·扎立亚莲，她每天日落时分给我送来她做的神奇的柠檬橙汁，那些果汁对我的康复和我的叙事方式起到了作用。

感谢雪娃·杜汉纳，她在道别晚会上，在我完全没料想到的时候，在我面前脱光，还好意地鼓励我也照着做，之后才指给我看去八〇一房的路，并且陪我进入房间。《明天，水獭》的第十六章若没有这次邂逅的温存就不可能写成。

如果我没想到玛丽亚姆·温德熙的话，我的感谢将会显得非常不周到。她对政治的广博认识以及她与欧洲北方的颠覆分子圈的接触，使我在提到"白牙""谷警干"和冰岛激进左派分子组织的时候，没有犯太多的错误。万一我对他们的描绘中出现一些不恰当的言辞，错不应该在她身上，我身为作者必须负起全部的责任。除了感谢迷燕·温德熙毫不保留地给了我珍贵的信息之外，我还想说，迷燕·温德熙的优雅，她的笑容和随时乐于助人，还有她做的罗马风味的带骨髓的牛排，也值得热烈而永恒的感谢。

那些在我困难的时候支持我而我应该好好感谢的人当中，塔蒂亚娜·维达尔、她的丈夫奥拉夫，甚至他们的婴儿卡尔梅莉塔，都占有特殊的位置，因为当我想跳窗自杀而脚已经跨出他们位于二十二层楼高的阳台边缘之际，他们给了我劝说与鼓励。如果没有他们富有智慧的、恰当的、安慰的言语，没有卡尔梅丽塔的尖叫哭声的话，我想我永不可能完成我的小说《麦克白在天堂》。

谢谢罗杰·沙贝尔，他给我解释数独和围棋的规则，我的中篇小说《脑壳之声》中的人物蒂莫西·凯利甘和弗兰科·萨列里应用了它们。

要是帕特里夏·牟哈卞尼太太，又叫作帕图，没把她肩膀下方、腹股沟凹处以及脚踝的痕迹毫不自私地——她的无私荣耀了她——给我看的话，我的小说《瘟疫暴发的前一夜》在医学上的描写就不可能那么逼真。

在我的小说《年老的女路人》开端中那套非常吸引朱利安·加德尔侦探收藏的一系列稻草印度猪标本，在某种程度上是住在卡萨布兰卡的雅尔夏亚先生和他太太借给我的。我对他们感激不尽，他们容许我进入那间他们恭敬摆设他们的私人收藏品的房间里，让我拍了一张相片，并且细心地为我讲述他们的八十八只印度猪当中每一只的个性和生命历程。

当我在圣保罗的中央图书馆为我的小说《库鲁古力的海难》找资料的时候，一本极重的书从上一层的书架掉下来，其他好几本可怕的博士论文也跟着掉下来，经过我的面前时刮到我的额头。我一点也不感谢那本书的作者，他花了好几年的时间剽窃几本南美洲的图圭瓜拉尼语言词典，以便收集并批注《当代巴西文学中的蔬菜和根类植物名称》。但是我会提到维纳斯·维埃拉，她是图书馆里的年轻实习生，为我的伤口止血，我惊讶自己流了那么多血，也惊讶某些大学著作之无用，但我继续翻阅一章长达一百六十页的专门讨论二次世界大战期间的作品中所出现的黑豆的文章。维纳斯·魏埃拉做完了初步的救护后，就邀请我去她家，以便就近看护我的伤痕的演变。我永远也忘不了我在她家度过的那几夜，也忘不了她头发的肉桂香味，以及她在我额头和其他地方所做的极能安慰的大胆抚摸。

不分功劳高下，我在此要大大地感谢和我一起在约佳卡尔塔被关了四十周的牢友们，特别是狱长穆斯利姆·班，他禁止楼上的囚犯鸡奸我，他还教我藏在塑料面包里的摄影定时器的使用诀窍，我把这些微妙的诀窍应用到《再见乌云》的情节里。

动人的感谢献给那个在列宁格勒的普罗斯佩可特·绍米亚纳-内夫斯基·普罗斯佩可特电车里让位子给我的人，此举使我得以默写玛丽亚·罗巴诺娃在我身旁哼着的《枫》的歌词，我顺便在此感谢她给我很多有关俄国抒情歌的指导，她为我翻译了好几首已经找不到的叶赛宁诗作，当然还有她陪伴我在拉多加旅馆度过了两个美妙的晚上。

在我难以结束《天堂里的地狱》的时候，我想到他们，那些协助我再次往上爬的人。我对博普兄弟感恩不尽，他们的音乐把他们的斯拉夫血缘和路易斯安娜歌曲结合起来，常常使我感到平静。当然，我交换听着他们的音乐和马勒的九部交响曲，我在此极尽双耳地衷心感谢马勒这位音乐家。

我此时的感谢会失去很多的价值，假如我忽略了丽塔·波提切利。在道别晚会上，她主动要带我到一间没人也没灯光的秘密闺房里，以便跟我做那些我在《黄昏里的迷雾》的第九章里描写的事情。随后，当她的丈夫和她那三个保镖到处找她的时候，她和我一起躲在一间衣帽间里，我们继续在那儿做同样的事情。

感谢朴兰达·杜马哈哈纳使我感到特别舒服，她不仅帮助我登上拉比苏丹的私人大象背上，而且看到我们往一条死胡同走去的时候，又帮助我下来。这段插曲，跟事实几乎一样，记在《罗密欧，再见》里。没有朴兰达·杜马哈哈纳的话，该小说很可能会有悲惨的结局。

我哀叹政权当局没响应我提出再次引进具有威胁性的种类到都市里的建议，譬如，吃人肉者、割耳朵者、波尔布特主义者以及砍人头者。再次引进这些种类应该会保证大城市里的生物种类更多元化，我也想靠这种重新引进的做法给我的《游戏起点》和《一条无尽头的隧道》小说一个更真实的描绘。感谢精神病疗养院的住院病人们，他们和我一起被关在同一个宿舍里两年之久，他们分享我的视野，不向压力投降，又在请愿书的下方签名，该请愿书请求重新引进有威胁的种类，同时要求无条件地释放我们。

幸亏有伊利嘉乐·布格波乐、达马·布格波乐、沙序卡·布格波乐、安德里亚·布格波乐，以及小亚比迈勒·布格波乐伸出援手，我才能清除隔壁的工厂爆炸之后产生的碎石，它们侵扰了娜塔莉亚·布格波乐以及我撰写《五号桶子》和《万魔殿日记》草稿时所需要的材料。假如没有他们毫不自私的协助，我可能就没有勇气重新写那两本书。不用说，娜塔莉娅·布格波乐自然也是我要感谢的人，即使她的情况不容许她参与清理工作。

迪奥多拉和班泽尔·马勒凡加勒在出名的陨石雨期间为我打开他们家的大门，在拉脱维亚的叶尔加瓦，人们有道理地认为陨石雨是世界末日的最初阶段。那时候我对他们而言可是一个完全陌生的人，尽管是在很糟糕的大灾难情况之下，但我在他们伸出援手的姿态中看到大都市里的人类还能令人敬佩的证明。由于那扇为我慷慨打开的门，我自隔天起就能在叶尔加瓦劫后余生的环境里活下去，之后，我也能写完《蓝巫甘》的第二部分。但愿迪奥多拉和班泽尔·马勒凡加勒两人都知道我没忘记他们，即使在该城发生陨石雨之后随之而来的大火灾及慌乱之中，我永远失去了他们。

谢谢我的妹妹碧姬，在我撰写《杀手变形记》期间，她毫无怨言地包容我，也感谢她的丈夫罗伯特，他虽然不包容我，但是在我写完该小说的来年，他很耐心地看那本厚厚的打字样稿，我很高兴地接受他对单复数前后一致所做的建议，这些问题显然是解决不了的。

在我想于此致谢的人当中，我若是没提到我妹妹碧姬的狗拉美西斯，给它一个好位子的话，就不公平了。在我躲在她家的客房里闭门不出期间，拉美西斯好几次警告我有人在靠近、要干扰我，甚至以罕见的机智把那些人挡在远处。

也感谢莱拉·德洪斯谢勒、马里翁·戴本年以及捷娜·牟尔马杜克，在道别晚会上，她们在酒精作用之下或者因为其他理由，集体地允诺要给我品尝她们那令人赞叹的身体的美味，该允诺没有实现，可永远铭刻在我心里，说出这个允诺，就足以深深打动我。

假若我没有细心聆听摩根普拉特太太的解释的话，我的小说《洪水》里倾盆大雨的场景就一点都不真实了。摩根普拉特太太是香港比利时公使馆的气象学家，她谨慎地修改我写的有关台风的不精准之处，并且在比利时公使举办的自助式晚餐之后，容许我翻阅使馆里以及整个比利时所收藏的有关东南亚热带台风和低气压的一切秘密档案。

　　我不想遗忘小裴提亚，他是我在情报人员培训班的同学的儿子，他们现在已经退休了，以玛查和史提凡的身份过着一种非常平凡的生活。当我开始写《工厂里的脸孔》的第一章时，小裴提亚才开始牙牙学语。我跟小裴提亚和他很多还在爬的同伴们的对谈，大大地帮助了我描写该小说的一个人物，杜伯荣，他在小说中是杀手一直抓不到的小男孩。我当然希望真实中的杀手也抓不到小裴提亚，假如这些人想报复他的父母所做的被人忘记的恶行，而有一天想要捕捉他的话。

　　感谢布拉格犹太教堂里的那位档案员，A.T.，她陪我一起查找卡夫卡的出生年月日，但我们没找到，之后她邀请我去附近街角的一家小酒馆吃一顿我没料想到的晚餐，还有，要是她的男朋友没闯进酒馆，清楚地表示他要送她回去的话，她也许会允许我送她回到她那离酒馆不远的公寓。

　　谢谢我那时候的出版人，马尔科姆·奥卡达，他建议我把我的第一本小说命名为《在"相聚之肉"》，而我原先想把它叫作《阴阳二元论》。

当我迷失在奥拉西奥·希尔施侦探那毫无意义的迷宫般的长篇大论而找不回故事的重心之际，萨弗帖·黑后伊克街的咖啡馆主人看到我处于创作低潮，就给我倒了第五杯肉桂香味的温酒。喝了这杯强力酒之后，我决定删掉《将死者》第十三章中那些寄生无用的唠叨话，并且干掉奥拉西奥·希尔施，因此整本小说变得明朗可读。这个重大的戏剧性的转变显然和萨弗帖·黑后伊克街的咖啡馆主人关系密切，我必须在我要感谢的人当中提到他。

我要永远感谢的或者至少持续感谢的另一个人是塔哈泉蔻太太，当我在比什凯克被关在医院接受隔离期间，我经常和她通电话。那家医院就在她工作的育婴室对面，她是那里的医务秘书，她是我在比什凯克被强迫隔离的漫长三个星期里唯一的说话对象。我在我的中篇小说《吉尔吉斯之混乱》里复制了我们交谈的部分内容，我也描写了她好几次请人把羊肉串送到我所住的可能弥漫着瘟疫病毒的房间里。

现在是以最赤诚的激动感谢叶琳娜·颜以及旻娜·阿佳尔迪布克，没有她们的话，我就永远逃不出她们的表兄弟们监禁我的仓库，他们也是包养她们的人。没有她们关键性的介入的话，我可以说，我那之后所出版的书都将成为遗作。我也至死记得她们当中的一个左边屁股上的美人痣，却遗憾自己忘了那是叶琳娜·颜的屁股或是旻娜·阿佳尔迪布克的屁股。

我也激动地谢谢玛尔塔·歌尔丹斯卡，她在我写作《泰坦尼克号左侧》的时候以别的身份生活，不叫作玛尔塔，也不叫作歌尔丹斯卡。她会讨厌被公开点名，可我确定，假如她读了我那本小说的话，她会认得出自己。

马那瓜机场的行李输送人员弄丢了三箱装有我的手稿的行李，还有那个搭乘马那瓜—特古西加尔巴航班的神秘女乘客，她是这些手稿的收件人，她没有去领取那三箱行李，使得我五年的工作成果化为乌有。那些机场人员值得我在此提起他们，不过，人们将明白他们不应该期待我向他们致谢。

我不感谢阿贝尔·达哈丹斯基、唐纳德·博克斯、劳姆·马尔察典、奥列格·史翠尼科夫、奇科·劳施、雅娜贝拉·让维耶、伊尔达·洛尔卡、贾迈勒·特列季亚科夫、西蒙·塔沙、亚克·菲里卡利、乌尔班·扎瓦列维斯基、亨利·卢比耶、菲尔南达·绍里、米娜·雷嘉琳、玛乌夏·贝格彦、维勒夫里德·里韦罗、诺尔曼·艾德哈德、于贝尔·普利索尼耶、洛朗·乌丹、让-克劳德·卡梅隆，他们充满恶意的文评、眼光狭窄的小书评以及不可原谅的沉默，严重地导致我的作品失败，而且把我打入难读的作家圈里，而我根本不属于这类作者，也对他们没有好感。

相反地，我非常感谢莉萨·帕瓦罗蒂，她使我发现了瓦尔帕莱索的沼泽低地，她也晓得在情况不对劲的时候拉我一把。幸亏有她，我才在水手光顾的低劣小酒馆里免遭三记拳头，也逃过"弄臣"货柜船驾驶员要我挨的十八刀，他最后捅了我的短命酒伴哈曼·阿基里诺。我在此传给莉萨·帕瓦罗蒂一个怀念的寒暄，因为她对我的小说《盗匪学校》里的那个明亮的无名妓女的出现有很大的贡献。至于哈曼·阿基里诺的遗孀，我此时说什么都不能安抚她的痛苦，我只有向她表示最深沉的哀恸。

莲娜·巴边科在我去切尔诺贝利禁区内探险期间看守我的私人卫生用品和我的联络簿。我在她家洗了澡之后，很高兴重新拥有我的刮须清洁剂，以及干净的床单，她马上识时务地滑进里面，而且没指控我带着核污染。为了她的看守以及我正等候的她的拥抱，莲娜·巴边科在我的回忆中永远是一个无私的慷慨模范，也是乌克兰式温柔之典范。

我会感到极端不知感恩，假若我没趁这个机会充满感情地赞扬"美好时光"剧团有勇气在它的演出节目单上排了我唯一的剧作《甸的觉醒》，该剧团连续在空无一人的厅里演了两晚之后，还坚持在接下来的周六演出第三场，对于仍然没有观众这回事既不生气也不在意。

要是没有北加拿大盲人协会的支持，我那本存在盲人角色的作品便无法完成。此外，如果没有图书馆员娜冉·朗斯代尔的帮助，我就不可能发现那些有用的参考书。她允许我叫她娜冉，她翻译点字的速度快得惊人。娜冉·朗斯代尔温柔的声音令人难忘，每当我想起那段研读的时光时，她的声音就继续回荡着。我后来没有使用我在那里收集的数据，我后悔就这样在暴风雪呼啸之中而且无法呼救之际，放弃了我的女主人公玛丽亚·巴赫曼，可是，在同一本书里的《有关玛德莲·波尔布特的雷暴》中，人们从那个在村里的一个痴呆者面前自言自语的年轻盲人身上，很容易就能认出娜冉·朗斯代尔。

感谢我的朋友弗雷德·张，他为我找到《死者之书》的疯狂作者阿拉伯人阿布阿勒哈兹瑞的永久地址，还坚决鼓励我去当地查询该书是否真的存在，它那闻名的作者是否没在公元七四三年死于大马士革，也没发疯，也不是传奇虚构人物。我倒是没勇气急着去布鲁塞尔铜锅山路九号，据弗雷德·张说，阿布阿勒哈兹瑞就住在那里一间相当宽敞的公寓里。不过，我记下了他对该豪华住宅的描述，一点也没有洛夫克拉夫特式的恐怖，我把那些描述用在我的小说《新生活》里。

在道别晚会上，美丽的艾米莉·陶里亚蒂响应了我的主动，我们因此得以躲在八楼的一间浴室里，痛快地交媾了四十五分钟之久。为了我们一起隔离时所发生的事，为了她那些在我周围四面八方飞扬的头发，为了她具有创意的狂乱和忘我，也为了在我们下楼到晚会现场的途中她对我说的话，我永远感谢这位奇特的女人。在电梯里，她在我耳边细说的爱情告白，我故意以比较不私人的方式在《飞机行李舱里的微光》重现了。

我不会把扎帕塔马戏团的特技演员遗忘在阴影之中。我跟他们去一处印加帝国遗迹远足，在我写作《马龙在天堂》的时候，他们的介入是关键时刻，更准确地说，当我想为小说主角莫迪凯·马龙对抗恐高症而相当笨拙地尝试高度的时候，就在华纳比丘与马丘比丘的两座山峰之间，悬在离它们最近的小径上方五米高的空中，因为害怕而晕过去了。马戏团的特技演员形成一条人链，同时解救了莫迪凯·马龙、我以及将要诞生的小说。

我激动地感谢拉达·佩提格洛、米利雅·桑坦顿、维基·穆勒、阿纳斯塔西娅·鲁克瓦亚、海雅·吾尔杜克。

她们都知道我为什么感谢她们。

　　向老虎致谢是不寻常的事。然而，我要谢谢新加坡动物园的那对母老虎，两只极其漂亮的动物。我在一个晚宴上喝了太多太多的酒之后，在某个叫作马里欧·布马普特拉克的陪同之下去老虎家里玩了一趟。马里欧·布马普特拉克说他喝威士忌的酒量比我的茅台酒量好得多。当我们在老虎栏里的时候，我们已经没什么可喝了，我的同伴就找我的茬。公虎在笼子里吼着，但是没出来，反而那两只母老虎看起来对我们两个醉汉的口角感兴趣。我感谢它们马上选择支持我而撕裂马里欧·布马普特拉克，但它们觉得我那满嘴的茅台酒气太难闻了。于是，它们分吃了马里欧·布马普特拉克，让我再次穿越虎栏，随后慢慢地爬越装有铁丝网的栅栏，这些栅栏把老虎沟和其他地方隔开。为了它们对我的仁慈，似乎有必要在此提到它们。

　　我当然不感谢电视节目主持人欧枚尔·法赫红。他知道为什么。

　　感谢瓦希拉·萨尔法汀太太，布法里克神秘鸟墓园之看守者，她不仅在我迷路的时候带我穿越坟墓，并且试着为我模仿秃头白鹳不协调的唱腔，因此使我放弃把该曲调写进《散乱的贝壳》的最后一部分里，即使秃头白鹳在那部分里的戏分是不可忽略的。

我觉得自己毫无疑问欠了我的盲人朋友伊里娜和维克多·达尔巴克采夫很多人情债，他们在沃洛格达大屠杀——我将写进我的《进坟墓之前最后的枪战》——的时候。我花了好几个小时，递给他们所需要的子弹和弹夹，很明显，他们无法直接参与枪战。

我与已作古而令人惋惜的娜典卡·金往返长达十九年。感谢她丈夫金恒中把那两箱装着我的所有信件的旅行箱还给我。箱子在运送期间被销毁了，正因为这样，我才有了安静的命运。的确，我可能会因把那些爱情信件抄写到我的书信文体小说《一个未来的寡妇》里而内心不安，而我也可能讨厌把它们留在一间阁楼里，可怜地逐渐败坏、沾满灰尘而被遗忘。

这张令人感慨万千的致谢清单，写到这里，无论如何也该结束了。我为好几千个人没被列上去而感到难过，我的读者就在名单上缺席的人当中。读者们或多或少以无名者现身在场，他们或者跟某一个小说的故事有关系，或者帮助我不要失去信心，又或者以个人身份或群众身份修改了我对现实的看法。从这群几乎无以计数的人当中——无以计数，因为除了几千个活人之外，我还加上几百万个死去的人——我很想举出葛哈善·普罗科菲耶夫，作为给他们所有人擎大旗的代表而接受我最隆重的致谢，我在此抄下有关他的记载，那是在布托沃的坡里共广场被处死的人的名单上所记载的：普罗科菲耶夫·葛哈善·伊万诺维奇，生于一八八〇年，莫斯科省，扎格尔斯克区，格利吉诺村；俄国籍；小学文化；无党派；二号市立医院医护助手。地址：莫斯科，卡露斯凯亚·乌里察，二十二号，五号楼，四十五号公寓。一九三八年三月一日被逮捕。一九三八年六月三日由国家安全局一个三人小组宣判有罪。被指控：一九三七年十二月，他毁掉一本交给他的宣传小品《苏维埃社会主义联邦最高阶层选举规则》，他还为每日的工作时间被延长了而表达过不满情绪。一九三八年六月二十七日被枪决。埋在布托沃，莫斯科省。

博格丹·塔哈西耶夫作品中的沉默策略

　　将没有任何为博格丹·塔哈西耶夫逝世五十周年所举办的纪念活动，人们也认识他的笔名让·巴尔百安，假如论及作家的时候，"认识"这个词具有意义的话。

　　我们在此回顾这位独特的作家的创作历程，我们将凸显他的作品的一个特色，似乎迄今为止还没出现类似的。该特色是关于写作手法，即作品中的人物名字大同小异。就戏剧性而言，他小说中的主角甚至次要的角色，都各有特点并且色彩鲜明，可他们的名字听起来很相近，以至于读者很容易把他们混淆。譬如，在下文要谈到的文本里，塔哈西耶夫把所有的死的和活的幽灵叫作"沃尔夫""瓦勒夫""沃鲁夫""福拉夫"和"佛尔夫"，在他最后的一本书里，则只用了"沃尔福"。

　　这种人名的统一化并不是艺术家简单的突发奇想。它应该被当作一种文学倾向来分析，还有，假如人们把那个人物命名的特点跟我们所知道的塔哈西耶夫的生平衔接起来的话，它也应当被视为作者加入最激进的虚无哲学的一种姿态。

博格丹·塔哈西耶夫的作者生涯始于二〇一七年，他以让·巴尔百安为笔名出版了几本侦探小说。

他书中的侦探人物在难以识别的大都会里活动，这些城市很像原子弹爆发之后的都市，小说中辅助的场景则是没有监控的营区以及开阔的大草原，就像战前一个旅行者可能在西藏或蒙古高原遇见的景观一样。虽然博格丹·塔哈西耶夫的写作手法不同于前卫文学那种人工化的复杂，他却与的风格甚至与该传统切断了关系。他的作品没有跳出侦探小说门类，犯罪案件的调查还是占据了故事的核心，但是框架已经和习以为常的不同了。小说中的大环境总是政治混乱和暗夜；书中的人物对话很少；故事发展的环境大多是读者所熟知的，小说人物在如地狱般混乱不堪的状况里愈陷愈深，他们完成了晦涩的仪式；他们活动的场所基本上是一个集权式的封闭的社会，这个社会靠摧毁理性的野蛮、政治宣传和谎言而运作。侦探、受害者和杀人者都迷失在其中，此外，除了几个罕见的后异国情调信奉者之外，其他的读者会抱怨跟着书中人物一起迷失到最后一页。

为了让一本侦探小说的读者能够进入该文本并且读得津津有味，就得使这个读者必须能够在书中的世界和他个人的世界之间建立熟稔的关系。书中的侦探必须进行一场清晰明确的调查，而且调查的目的是让正义得以伸张，或者，至少真相得以大白，还有，必须书中所有的角色都依照看得见的道德价值观发展。读者应该能够把他所读到的情节跟他自己的经验联系起来，这个经验是他的生活经历或者是他在其他的书里读过的。上述的侦探小说所具备的条件在塔哈西耶夫的叙述手法里都被忽略了。他的读者感觉在一场给人压迫感的、使人焦急的而且暧昧难解的冒险里陪伴着一些不怎么亲切的人物，读者没真的被邀请去参与那场冒险，可他接受了险境的余声和恐惧。

今天，回顾起来，我们可以把他的那些作品评价为具有杰出的独特创意。博格丹·塔哈西耶夫打造了一个不同于现实的平行空间，在其中营造出震撼人的意象，能够持续地徘徊在他的读者心中。不过，我们终究不得不坦诚地说，他的那些小说的发展线索，即使遵守了悬疑小说的模式，并没有如该侦探系列的读者们所期待的那样叫人屏息以待：他书中的情节之侦探向度太常受到黑暗和危机所制造的超现实效果的反制。

总而言之，读者大众不喜欢让·巴尔百安的五本书。至于书评家们，他们很少谈论巴尔百安这个人，当他们说到巴尔百安的时候，就把他说得很差。他们认为巴尔百安不属于侦探文学的作家圈，而且，他在其他的写作流派里更加找不到位置，他是一个不擅长在小说中故弄玄虚的作家，他的故事无头无尾，笔下的主人公都是一些不可能存在的人物。而且，在反抗文学的姿态背后，他很难掩饰自己在制造氛围、描述情境或是描绘人物特征方面的短板。

出版社喜欢巴尔百安的作品，可这本集子的总销量比该侦探系列的平均销量少太多了，因此，出版社拒绝出版塔哈西耶夫的第六部作品。他很不高兴，拿回原稿之后就把它毁掉了。他没有选择在以戏剧性的姿势毁掉书稿；而是把它丢到垃圾桶里，随便它落在哪些烂菜叶上，一起丢掉的还有创作草稿和两盘录音磁带。

那年是二〇二一年。让·巴尔百安在当了四年编辑、出版了五本不寻常的书之后，决定销声匿迹。

下面是博格丹·塔哈西耶夫以让·巴尔百安为笔名所出版的小说书目：《遇见公主》《一位心灵牧人》《马亚佑呼唤侯贝尔特·马亚佑》《坦地尔的女仆们》和《世界上一切的毒汁》。

除非假设让·巴尔百安能留下值得回忆的痕迹，否则他可是很快就要被遗忘了。在出版界，他好像从未存在过。持有他那五本书的版权的黑拇指出版社，在二〇二五年被卖给了一家更大的出版社，那五部作品没有一本——即使是黑拇指出版社的出版书目中装帧最精美的《坦地尔的女仆们》——得以幸免。

博格丹·塔哈西耶夫很消极地看待他的书的出版经验，他并不愉快，也不想有再来一次那样体经验，因为这段回忆惹人生气、叫他失望并且使他遭受羞辱。他宁愿保持静默，他选择不出声。他沉默了二十三年。

人们习惯性地认为"出书"会改变写书人的社会地位。大家幻想作家成功的场面，想象一堆堆书背后的财富飙升，羡慕作家一夜成名的好运。然而实际上，出书之后，作者的社会状况毫无改变，除了几个少数的例子之外，出版社汇给作家的稿费其实是很羞辱人的。就塔哈西耶夫·巴尔百安的例子来说，他出版五本书所获得的稿酬，甚至不超过一个大楼看守人员在十五天之内所收到的红包金额。这份所谓的崇高的社会活动的总结只剩下可笑的区区一把钱；我们可以再加上几篇剪下来的报纸所引发的差评，他大部分的朋友们，可能出于尴尬也可能出于嫉妒，对他都很冷淡。

博格丹·塔哈西耶夫曾经学过会计，即使遭遇了经济危机，这项技能还是帮他保住了饭碗。他先是一个国际救贫组织的义工，二〇一九年被该组织雇用成为正式工作人员。二十五年之间，他在一间简陋的办公室里，目睹了统治者所从事的国际犯罪（以账面数字的形态）。

我们猜测，或许他在那段期间写了一些文章，可我们没有具体的证据来推测他在那段长时期之内的写作活动。出于谦虚，也因为没有机会，没有人问他有关写作方式和写作意图的问题，博格丹·塔哈西耶夫自己也从未说起过，在实际行动中或者在创作理论中，在他的作家生涯中，在他与创作的关系里，以及在他自身的想象中，他所保持的无止境的沉默究竟代表什么。

而其他的人，譬如出版过他的作品的人威尔·皮尔格林，或者随便哪一个读者，又或者他的亲友当中的某一个，他们都无法强迫他重新拿起写作的笔，再给出新作，再继续建造他的小说世界。人们很难相信这样的作家会对文学创作从此不再有兴趣，可这就是事实。事情经过便是如此。

塔哈西耶夫在这段长期的决然沉默之后，又回到文坛上。这一次，他不再隐藏在笔名的后面，他不宣称他已经出版了五本书，他不说自己就是让·巴尔百安，他在二〇四四年用他的本名博格丹·塔哈西耶夫——在文学共和国里从未听过的名字——提出一份新作品手稿，叫作《女乞丐街》。

该书稿已经在几家出版社之间传来传去，最后才由当时弗兰克·马可维兹主持的蓝大出版社勉强接纳。出版社很勉强地接受了《女乞丐街》，因为该书的主题耸人听闻，但是审稿团当中有一份内部评价报告认可了该作品，并称"书中的声音具有原创性，且不受限于文笔水平"。这份报告同样指出，"《女乞丐街》那不寻常的暴力将来肯定会换来惊人的宣传效果和商业利益"。

如果把《女乞丐街》和差不多同时出版的其他书做比较，这本书确实很杰出，是一部极其成功的文学作品，可大家也发觉该书在整个文学景观之中显得非常不搭调。塔哈西耶夫的小说描述了一场社会灾难——地球上某一个地区里全部的人都愈来愈贫穷。小说人物都是心理有病的男男女女，他们为了能够获得生活所需的物资而互相残杀，发放这些物品的网络则由军方和黑手党掌控着。主人公们所处的时代和城市及其制度，以及他们所使用的语言，全都是虚构的，但是用当代西方世界的所有组成元素为基础而创造的。

描绘一个由毁坏和贫穷所构成的未来的图画，本身并不是创新的文学工作。科幻小说的作家们早已谈论了很多，他们把经济危机所引起的社会焦虑，把政治和战争所造成的流亡，或者把我们的政府的非法作为，转化到作品里，有些时候，这些书与伟大的社会文学经典之作同样地震撼人心，而且比经典具有更多令人难以忘怀的意象。

然而，《女乞丐街》的架构并不遵照科幻小说的模式，该书不同于科幻小说，没有很多隐喻和需要读者破解的谜题。书中存在呼应的事物也有类似的元素，可它们不再是巧合，而是出于作者有意的安排。小说自成一个封闭的世界，用熟悉的事实改造而成的，可是那些事实已经被扭曲得无法在现实的世界里找到对应。必须如其原貌地接受该小说，而不要把它视作我们的世界的一幅有差距的图画。

此外，《女乞丐街》中的充满黑暗元素，跟科幻小说通常会有的娱乐性毫无关系，这不是因为叙述背景过于沉重，而是因为故事从头到尾都弥漫着萦绕不散恐惧感，令人眩晕。叙述者沉痛的讲述占据小说的主要部分，读者和沃尔福一起被拉进去，他无法脱离泥沼，也无法远离沃尔福的话语，那些话混杂了叙述者自己的记忆、回忆，还有心理障碍和沉默不语。人们可以分析这种现象，说沃尔福的话语像一张网：进去很快很容易，可是在阅读期间绝不可能逃出去。在那个小说世界里，文字带来的不舒服的感觉，和读者所处的舒适的环境之间会存在一种来来回回、进进出出的张力。沃尔福的世界浓缩成一段可怕的过程。阅读《女乞丐街》有催眠作用，但那是一段可怕的经历。

《女乞丐街》与二十一世纪四十年代所出版的小说的传统叙事规则没有任何关系。弗兰克·马可维兹是因为这个强烈的差异，才认为这本小说将会引起注意的。

蓝大出版社后来发现，他们对该书商业的预估大错特错。虽然这家出版社在文评圈里享有盛誉，并且它的出版品目录定期地受到媒体网络的支持，可新闻记者们很讨厌《女乞丐街》。没有一篇文评谈论它，不论是称颂的或是反对的，记者们也不提它的存在。一种令人恼火的沉默迎接了塔哈西耶夫在出版界的重新复出。

塔哈西耶夫倒没有因为这个太过低调的重生而满腹牢骚。他一点也不受影响。这种情形反而很适合作者，在二十三年沉默的隐居期间，他已经了解，自己对出版这件事没有任何期待。这情况符合他个人的文学策略，现在的策略就是要摒除一切的成名希望，而且使他的文本尽可能默默地继续存在，无视于环绕它的反对之声，只梦想着它将来的读者以及在别处的假想读者。在他的文学历程的现阶段，人们可以认为他已经建立了一种个人专用的文学观，就是他的作品很难被接受，这点已经成为其质量及其存在的必要条件。

在二○四四年，博格丹·塔哈西耶夫已经愿意出版他的作品。《女乞丐街》还没面市，即还在出版社期待该小说会带来利润的时候，塔哈西耶夫又拿给蓝大出版社一本名为《回到屠杀场》的厚书稿。在六个星期的审稿之后，弗兰克·马可维兹要求塔哈西耶夫修改他的小说稿，说这本书雄心太大了，可以再分成两本小说。

他收到蓝大出版社的回复的时候，《女乞丐街》才刚发送到书店，而且已经很明显地看见这本小说会卖得不好。出版社赌输了，这事影响了出版社和塔哈西耶夫的关系。人们会猜想蓝大出版社从此之后对塔哈西耶夫的东西不再有兴趣，想象曾经支持作家的马可维兹终于发现了作家的真实面貌：一个江郎才尽的五十多岁的人，既没有宣传价值又没有读者。

塔哈西耶夫以超乎寻常的速度修改小说稿，一个月，这点或许暗示他，怀着犬儒态度，早已有所准备。他把《回到屠杀场》分成两本薄的小说：《包围》和《致命的联盟》。他在其中引进了合宜的节奏，他也做了一些必要的删减，他特别更改了人物的名字。在原先的手稿中，男主人公叫作塔纳兹·毕耶勒格内、朴西逊温、蒂姆、格娄温蔻、伊旭兹凡·克哈纳驰。在那两本取代了初稿的小说当中，上述的五个人物叫作"瓦勒夫"、"福拉夫"和"沃尔福"。最后的这一个名字（上文中已经说过，《女乞丐街》里每一页都出现这个名字），取代了格娄温蔻，他是《包围》的主要叙述者，也取代了蒂姆，他深情款款地陪伴着《致命的联盟》的女主人公。

因此，突然有三本小说里都出现了一个叫作沃尔福的人角色。《女乞丐街》中的沃尔福是一个看不出年龄的被火烧过的高大男人；《包围》中的沃尔福是一个街上的流浪儿童；最后，《致命的联盟》中的沃尔福是一个逃亡的间谍，他是米莉·芙兰德的兄弟，他们有乱伦关系。在这些小说中，沃尔福是几个彼此毫无关系的人物的共同名字，他们的声音也完全不同，即使在三个故事叙述过程当中，他们的声音的旁边渐渐地出现一些类似的论述，也出现来自群众的多元的内心独白。

出于被动，或者因为还没时间做出拒绝塔哈西耶夫的作品的决定，又或者《女乞丐街》微不足道的销售量容许出版社不付钱给作者，蓝大出版社竟然签了《包围》和《致命的联盟》的出版合约。出版社并没建议塔哈西耶夫更改小说叙述者的名字，假若它曾经建议的话，它应该会随即采取识时务的立场（可作者肯定会拒绝那个建议）。换句话说，出版社可能是这样想的，因为《女乞丐街》事实上几乎没公开存在过，所以其他两本书里的主人公没必要取跟《女乞丐街》的主角同样的名字，而这种推理没什么不合理的。不过，也有可能审稿委员们没有好好地审读那两本新的小说。

博格丹·塔哈西耶夫这两本书在二〇四五年和二〇四六年相隔一年陆续出版了，客观地说，当时的大环境可能对它们是有利的：没有任何有价值的书与它们同时出版。没有任何有独创性的声音能和它们竞争。即便如此，文评还是很少，即使有，也使人失望。文学评论者对塔哈西耶夫所处理的主题毫无兴趣，他们还没打开书，就先开始批评书里的内容和形式。很明显，他们不想把塔哈西耶夫迎入那些也许有一天配得上他们的称颂的作家群当中。他们只在刚出版的新书书单上提到塔哈西耶夫的书，但是没附带任何个人评语。他们都不喜欢塔哈西耶夫的风格、不喜欢他使用人名学的方式及他的意象体系，可他们绝对不想花一点儿工夫去读他的小说。那些简略的新书介绍根本不足以让读者认识新书，它们只有极少数的读者，引不起书店老板的兴致。不过，还是发生了一个小小的奇迹：在被诅咒的诗人以及期刊的年轻编辑的圈子里，塔哈西耶夫获得了值得追踪的作者之小小名声。

塔哈西耶夫在那个时期得了牛皮癣，也有呼吸方面的问题，他请求做半工，然后请求退休。他很快就身处孤独之中。人们或许认为他不在乎这种情况，他跟他的小说主角们一直有一个共同喜好，即做边缘人和过流亡生活。他跟蓝大出版社的关系很淡薄，更宽泛地说，他跟少数几个可能和他说过一两句友善的话的活人维持着很淡薄的关系。人们在任何公开场合都没再见过他。

他把那段修道院式的自闭时间花在两件事情上面：第一，写他的巨作《沃尔福》；其次，他为那些向他约稿的期刊写文章。他的名字确实开始流传在发行量很小的出版品以及印刷数量很少、总是不守成规的而且寿命很短的期刊的圈子当中。就提它们当中几个为例，有《蜡》《水疗的阴性》《鲜红巴别塔》《墨水猴子》等。有人偶尔邀请他一起合作，他都答应。

他的交稿时间和文章的刊登日期之间，相隔着很长的时间，没有规律。有些文章是塔哈西耶夫本就想写的，有的是他冒着风险、打了算盘之后的成果。二〇四八年秋天，他交给几种不同期刊的所有的文章几乎同时刊登出来了。

那些是文字紧密的故事，文章不短，就书写而言，它们是无懈可击的，故事中的场景都是塔哈西耶夫特有的——惨淡破碎，充满异常的幻想和意象。故事情节前后不连贯，人物个性分明，可是，当读者一口气读了好几个故事之后，就记不得那些主角的名字了。他们的名字相似得足以使人把他们混淆：当然有沃尔福，四个中心人物都叫这个名字，还有，沃尔夫、沃勒佛、吴尔弗、瓦勒夫、沃鲁夫、沃楼夫、吴勒弗、侯勒弗、胡鲁夫、吴鲁夫、弗楼佛、福拉夫、瓦尔佛、沃尔佛、佛尔夫、弗勒夫、吴尔沃、沃鲁朴。

这个如此引人注意的现象，终于引起了四十年代最有名的官方作家当中的一个，艾尔默·布龙诺的注意。他在《将来》每一周他个人的专栏里大谈特谈一切多少和文学相关的话题。布龙诺向来不看塔哈西耶夫的文章，但是，二〇四八年十一月十八日，他写下了这样一篇文章：《博格丹·塔哈西耶夫的主人公之下场》。该文章毫无深度，可是写得有气魄有善意，简而言之，布龙诺对塔哈西耶夫的写作手法称赞不已，说那是"捉弄人的"。布龙诺趁机要人以为他定期地阅读那些小期刊——这可是一个可耻的谎言——而且他也读了《包围》及《塔哈西耶夫最新的小说》——第二个谎言。布龙诺的想法很市侩。他引用了一堆分散的数据，是书店里找不到的，而且《将来》的读者群也不认识的。他的文章的目的并不在阐述说明一个那时候还不为人知的天才，而在给文学界制造一种出生证明。这些在该作者极其单薄的新闻媒体档案中，可以算是一份重要文件。

过了不久，塔哈西耶夫就把他的《沃尔福》手稿交给了蓝大出版社。确切来说，是布龙诺的那篇文评，而不是该小说本身的质量，使该书得以出版，因为出版社很久以来已经不相信需要出版一个像塔哈西耶夫这样的作家的作品，但出版社终于妥协了。《沃尔福》预计二〇四九年九月出版。

《沃尔福》是一本遗嘱式的、涉及题材广泛作品，博格丹·塔哈西耶夫所有的才华以和谐的方式展现在该书里：史诗般的内心独白艺术，对幽微的场景之描绘，在政治界与神秘界之间的摇摆，文人的酸气，逸闻之间的纠缠不清，内心世界的"剪不断理还乱"，对导向疯狂或死亡的偏离行为之描绘。我们在该小说中看到一个几乎眼瞎的老人穿越他的世纪的景况——特别是在一个被轰炸的大都会，明显地隐射二〇三八年的战争——就为了寻找历史到底是在哪一个确切的时刻往不可挽救的方向分岔出去的。每当他搜索到了一个症结时，他常常用一个或好几个活人具体地呈现那些症结，他也着手梦想那些应该为世界的不幸负责的人会被铲除掉、枪杀或者被流放在无法伤害别人的地方。当然，他对现实的历史所采取的行动之方法最终证明是无效果的。

二〇四九年是博格丹·塔哈西耶夫在文学界里取得一定"地位"的时期：一个次要的作家，没有人读过他的小说，没有人知道他写的故事，可是大家知道他的名字，因为人们把他联想成一种很容易被滑稽化的作者——"那个给所有人物取雷同的名字的家伙"。

《沃尔福》受惠于这个极小的优势，其作品在书店上架的时候，不是完全湮没无闻的。可是，为该书所做的宣传造势很薄弱：只有三篇书评，两篇刊登在美食与"泥砖匠"

的小报纸上，因为那些为小期刊撰写稿子的人有权利在这类报纸上写滑稽的文章，被邀请参加有关"作家与世界状况"的圆桌座谈会。艾尔默·布龙诺的《将来》不敢再支持塔哈西耶夫，评论《沃尔福》的那篇短文也枯燥得叫人难过。人们也可以参考塔哈西耶夫的书的销售量而为他所走过的道路做出评价：自从《遇见公主》以后，他的小说第一次卖出了五百本以上。

书评圈的冷淡是很明显的，读者大众不喜欢该书是不容置疑的，蓝大出版社向塔哈西耶夫宣告，他们的合作就此结束。

从此之后，博格丹·塔哈西耶夫就没再联系任何出版社了，也不再写气势磅礴的作品了。他身体很差，胸腔发炎，呼吸变得愈来愈困难，关节疼痛，日常生活变成了一种烈士行径。他还继续在期刊中发表了四篇短篇，故事的主人公分别叫作福拉夫、沃尔福和吴尔沃。那些都是奇幻的、超现实的小说，总是跟时下的品味、风格、流行的想法、官方文学的意识形态之准则毫无关系。即使本文在此不用正式庄重的赞词来阐述，我们仍认为它们是杰出的文本。

这些小说当中有一篇名为《作品24》，主角是一位叫作雅各布·吴尔沃的作家，这位作家跟塔哈西耶夫有几点共同之处，尽管他的命运和做事的方式与塔哈西耶夫不同。雅各布·吴尔沃是一个微小的武装组织的成员之一，该组织很有技巧地谋杀了几个国际性的黑手党成员、几个拉皮条的、一些政治领导人以及几个地雷制造商。他在这个令人称赞的扶持正义的活动之外，也写作低限主义的小说，故事里的人物的行为都很有样板意义，彼此之间没什么差异，穿着一样，具有相同的动机，都处于同样卑微的社会地位，说同样的事，宣告相同的信仰，等等。雅各布·吴尔沃从一篇小说到另一篇小说叙述了同样的故事——一个使人恶心的爱情故事，他一点也不考虑使用一些细节变化来让故事流畅舒服一些。

博格丹·塔哈西耶夫在该小说中插入的一段话里这么评论道："我想，本文提出了一种文学手法，目的是拷问虚构作品的创造性，可那也显示了对写作的轻视，类似一种自残，目的是讥笑贬低书的概念、作者的概念以及与书和作者相连的虚假价值观；应该把这段话看作是一种仇恨的表露，其中一半是对书写对厌恶，一半是对官方出版界的憎恨。"

那四个短篇分别在二〇五〇年和二〇五二年发表。那个时期，塔哈西耶夫的光环确实已经消失殆尽。二〇五〇年的时候，一个突发奇想的年轻出版人，罗曼·纳什提加勒，表示愿意要把那几篇分散而且找不到的小说合成一册出版，但是没有成功。

塔哈西耶夫再次被沉默包裹着，他在社会中的存在就不再被发觉了。他在寄给朋友的一张明信片上透露，自己正在写一本反对西方社会的小册子，但是在他死后，人们在他的纸张当中没找到任何类似的稿子。塔哈西耶夫肯定毁掉了他所有没刊登出版的作品（不过，也有可能他放弃写作了），除了这篇没有标题的短文，它很可能是他最后的作品，即《作品25》。

治疗博格丹·塔哈西耶夫的医生，伊格·曼德席安，是一位经常受UM5电视台邀请访问的医学顾问。他在这个电视台主持了一个三个月一次的医学节目。他有一次闲谈皮肤病时，邀请塔哈西耶夫到节目现场聊自己所患的牛皮癣，以及由此导致的关节问题。曼德席安将塔哈西耶夫介绍为一个"罹患重病到的文学界名人"。这个节目的主旨是，向观众说明，任何人都可能患上这种皮肤病，不管是无名小卒或是明星，在这个语境里，塔哈西耶夫扮演了明星的角色。没人知道为什么塔哈西耶夫会接受在曼德席安的节目中露面，很可能出于可悲的被虐倾向吧。

塔哈西耶夫在二〇五三年七月十二日以作者的身份在电视上露脸。那是电视媒体第一次接待他。二〇五三年，塔哈西耶夫外表像一个老人。他的骨头和皮肤严重病变，行动反应迟缓。他的外貌使人想到物理学家爱因斯坦，不过，他戴着眼镜，比起爱因斯坦的眼神，他的眼神还是太梦幻。一个女主持人简短地介绍了他，她用感性迷人的声音说，塔哈西耶夫写过"好几本有关疾病和牛皮癣的精彩小说"，之后，塔哈西耶夫有四分半钟的说话时间。其实，他必须回答曼德席安提出的精准的临床问题。他相当优雅地用幽默的方式回答了所有问题，这使他立刻显得亲切。简而言之，他在电视上的演出很成功，很讨观众的喜欢。

二〇五三年的夏天，塔哈西耶夫终于感受得到了他在UM5电视台露脸的结果：UM5电视台邀请他在另一个有关"作家和牛皮癣"的节目上露脸；皮肤病协会建议他加入他们的支持委员会；甚至有个资金丰厚、号召人道主义的官方机构"生命船组织"邀请塔哈西耶夫出席晚会，在这场传统晚会上，活跃于政界与媒体界的上流社会代表们会共同合影。塔哈西耶夫答应了所有的邀请。"生命船组织"是第一个得到回复的。

二〇五三年九月十四日，博格丹·塔哈西耶夫挂着一根拐杖，带着一个方便他的右手臂活动的整形外科器具，游荡在市政府的草坪上，"生命船组织"在那儿布置了帐篷，并安排了鸡尾酒宴。当天盛装赴宴的宾客很多，女士们穿着大牌设计师定制的宴会礼服，珠光宝气，群星荟萃。名人一个接着一个在摄影机前说话，呼吁打击贫穷，鼓励帮助他人。

天阴阴的，气温有点儿低，但没下雨。塔哈西耶夫拿着一个小盘子，一瘸一拐地穿过好几个小圈子，没有见到任何熟面孔。他在这样的社交圈里完全是一个异类。无论是在他的小说里或是在他现实的生活中，塔哈西耶夫的世界从不跟豪华世界沾边。他从不接近那些谈笑风生的富人，那些管理地球的人，那些误以为自己良善慷慨的人。他谈到过这些人，不过都是把他们放在一个无法跨越的深渊的另一端，是他的叙述者们在理智上触及不到的，犹如恐怖文学和恐怖电影的大师们不直接描绘恐怖本身。塔哈西耶夫笔下的主人公常常是男杀手或女杀手，他们被要求毫不留情地消灭"苦难的负责人"，不过，除了几个比较接近幻想而非事实的谋杀场面之外，谋杀的叙述并不介入权威者蹂躏别人的实际空间里。出于一种极深的厌恶，塔哈西耶夫从不想呈现任何类似富人的形象，即使在他们被杀死的时候，即使当他以作者的身份杀了他们的时候。对于他作品中的死，塔哈西耶夫总是用一声声的叹息去陪伴受难者，可那种死几乎只发生在社会底层。

博格丹·塔哈西耶夫此处倒是遇见了与他作品中的人物、疯子和卑鄙之人，在意识形态上相差很大的人们，这些人向来是他的作品人物所攻击的目标。他放下盘子，上面有三文鱼馅饼的碎渣，他拿了一杯香槟酒——毫无疑问是标有酿造年份的，喝了起来。他随后走向一群说话相当大声的人中间，他认出了其中有一个是法国某部长。他走近那个部长，取出一把扣乐多手枪，很认真地射向部长（安东·巴尔察勒，工业发展部部长），射向两个国务秘书（达德佐·阿达米亚兹，负责社会救济事务，以及威尔内·温思，负责难民和难民营行政事务），也射向两个其他的人，他们只是轻伤。之后，他举枪射了自己的脑袋。

这是五十年前的事了。

《作品25》可以作为讨论博格丹·塔哈西耶夫的结语。我们不认为，仅凭一部作品就能考察清楚博格丹·塔哈西耶夫的性格，但是我们也许成功地引起人们到注意，让大众意识到，这是一部非凡的作品，即便它时至今日仍然被忽略：这很不公平，也很不幸。

塔哈西耶夫的《作品25》的造型是一张折叠的纸，放在一个洒满血迹的信封里的。原则上，血不是该作品的一部分。那张纸只有一句话。纸张放在塔哈西耶夫的皮夹里。它的内容广为流传，新闻媒体在报道有关"九月十四日的枪杀"事件时又把它提出来。假如我们还记得他以巴尔百安的笔名出版的最早的书的话，把这首最后的简短诗作算进去的话，我们可以说，博格丹·塔哈西耶夫所有的小说都出版了。

纸上的那句话被侦探们看作是谜一般的存在，可现在对本文的读者来说，这句话没那么神秘了，对我们当中某些人而言，它甚至很可能很清晰：

"假如您希望抵达死亡的旅程具有饱满的意义，若您希望知道为什么自己曾经保持沉默，那就做跟我一样的行动。沃尔福。"

玛莉亚·三百十三所提出的意象理论

　　她上气不接下气地跑着，笔直地往前跑，或者往她以为是前方的方向直跑。她差不多肯定自己有一个名字，可能是玛莉亚·三百十三，总之她的名字是玛莉亚或是玛莉牙，而且年纪是二十九岁。或许是五十九岁，她搞不清楚确切的数字。她感觉得到流过她皮肤的黑暗，那黑暗迎向她的脸庞。黑暗与空气结合起来流淌在她身上，好像一种轻盈的液体，淡然无味，不冷不热，不会阻碍她，可当她一想到那液体时，就会因它而战栗。那是一种剧烈的幽暗，不让人有预测将来的光明之余地。她每走一步，身体每动一下，就感觉得到这个氛围。她感到呼吸困难，知道她所吸进去的，是一种最深层的而且属于噩梦的奇怪物质，那是一种基本上承载着丑陋和黑炭沉淀物的气体。还有，因为她赤裸着奔跑，所以赤裸在她里面所引起的尴尬也限制了她当下时刻的种种感觉。她为自己全身裸体而难过，因此她看什么都不顺眼，凡是与她擦身而过的，她都厌恶。

她从未对裸体主义有好感，总之，她对自己的身体也从未有过好感。她还活着的时候，总是尽量避免裸体。而此刻，即使她知道没有任何眼神会评论她的身材或者她是否性感，即使她不怕偷窥狂那沉重而且伤人的错乱心态，她却感到非常不自在。很少有人可以在黑暗中自在地奔跑，即便一切都无法挽回了，即便已经死了。必须要求自己不去想路上那些事先没有任何预告的阻碍，不去想可能发生杀伤力很强的惊吓，不去想会遇到很坏的人，不去想路上的坑坑洞洞和山谷悬崖。最好也不去想双脚所踏的地面的性质。此处，人们可以把它比作一种坚硬的沙，它不会伤害脚，并且具有一种使人舒服的弹性，但是，它同时也令人想起一种有机的组织，静止而且令人恶心的。要了解问题的症结，必须进入梦里或者死亡里。一阵磁波流过女跑者的双腿，上传到她的肚子，到她的腹部下方。支持裸体主义人士误以为人一旦脱光光之后会觉得自由快乐，玛莉亚·三百十三可没觉得自己舒服一些，相反地，她觉得她的肌肤羞耻地摇来晃去的，并且，几乎是很痛苦地晃动着。她感觉黑暗从她身体所有的窍孔渗透进到她的内在。今天早上，一个喇嘛应该在她的死亡鉴定之后，用蜡和棉把那些打开的窍孔封起来，但他没有做，命运不给他机会做那件事。她去世之前最后的回忆浮现在她眼前，随后在成为可信的元素之前就消逝了。一切逐渐地远离她，留在她身后，凡是细节明确的都稍纵即逝。形象还在，但是必须很努力才可能辨识那些形象并且把它们留住。这件工作，玛莉亚·三百十三把它往后推延。她专注在当下眼前的时刻，也就是说专心地做具体的事。她大步大步地跑着，为了保持身体的平衡，她首先得对付侵袭她的恶心感觉。她事实上什么都不知道了，只知道她已经跑了有一阵子了，也许十分钟，也许好几个小时，或者更长的时间。没有任何可靠的坐标，此处的时间乃是顺着还没有人走过的道路而流逝的。毫无疑问地，这里的时针分针秒针的动作跟北极的指南针的指针一样。不过，玛莉亚·三百十三不考虑这些事，她拒绝为时间的长短之间所引起的差距或者根本没有时间长短而受苦。她对这种问题不感兴趣了。在她死去之前，她可能会对这样的问题有兴趣，可现在，重点已在别处了。她继续快跑着，努力维持着相同的速度。她感到身体内部因为跑得太累而刺痛，但她试着不去理会。

她还是放慢了脚步，她的确很痛。

然后，她停下来了。

她喘不过气来。她知道她必须说话。找到要说的话，对她没那么容易。人们先听见她喉咙里气息通过的声音，随后发出了几个音节。可什么也没见着。

玛莉亚·三百十三说，我迟到了。

无人回应她。没人反应。她面前是沉重浓厚的黑暗，不再有任何东西能使之淡化的黑暗，在这种全然的黑暗之中，好似她没有任何听众。

对不起，她说。发生了一件意外事故，那个理当清洗我的身体并且为我念超度经的喇嘛，就在他走进停尸间之际，心脏病突发。他命该如此，这也是我的命。我的身体因此没被整修过。经过那些不幸的事情之后，我只好主动地走向你们。我晓得这是一个可鄙的理由，可我没有其他的了。也请原谅我无法给你们更多的细节。我不知道那个发生意外的喇嘛的名字，我也不晓得人们把我从囚牢送过去的法医鉴定所的地址，我忘了我待过的牢房号码，而且我不记得我死去的前一夜里所发生的事情。

她犹豫了一下。

她说，我脑子里完全忘了那些事。我不知道它们会不会再回来，或者我会永远失去记忆。谁也没告诉我任何事。按照惯例，一个喇嘛在几天之内会协助刚去世的人。喇嘛的声音就在附近。断断续续的，听不清楚，很多时候，人们也不明白那声音在说什么，但是它让人心安。

她又犹豫了一下。

可是，有关我的情况，什么也没有。那个喇嘛在有冷冻设备的停尸间的门槛上倒下去，他也死了，或者，至少他不再开口说话了。他被移到别的地方。我不得不放弃他的诵经服务。这是我的命。

在她对面，没有任何动作。

她重复说，这是我的命。

沉默，和夜晚的幽暗一样，浓得离谱，一旦她停止用气息和语言打破沉默，沉默立刻包围着她，对抗她，近在眼前而远至地平线。

她再次开口："我尽全力地赶到这里。"

她在黑暗之中喘气。

她吞口水的声音在喉咙里转悠。

她的肺囊发出微弱的声音。

她发出很大的呼吸声，她感到挫折、沮丧，因裸体面对她的听众而羞耻。她知道她必须说话。一切都是龌龊，诸如死了但还有意识，全身赤裸，器官发出的噪音，驻足在未知面前、在陌生人和空无面前的疯子姿态，死后没被填满堵住的嘴巴和窍孔，还有，为了给自己一些重要性，为了让自己不因为害怕而喊叫或哭泣，也不让自己被焦虑打败，她知道她只好开口说话。

当她还活着的时候，在她被长期关在特殊监狱和反恐囚牢之前，她写作一些寓言故事和一些散文，那之后，她跟她的男女狱友们一起继续说故事，或喃喃细语，或大声讲述，或反复述说。她没在记忆里刻意寻找，而突然记起她所写的最早的一篇作品。在这么多年的无尽头的囚禁生活期间，她从没想过那篇东西，很可能是因为那是一篇像青少年们所写的文章，既没完成又显得笨拙，可此时此地，没有预兆地，那篇文章毫无理由地重新浮现了。很快地，她惊讶于这篇东西所隐藏的预示性。她在那里面所描写的荒谬景况和她身处的现况，有很多共同之处。

　　好几个半人半动物的造物苏醒了，坐在法庭审判席上。他们一点都不记得自己是谁，也不清楚他们将要审判的案子，甚至不认识他们来到的世界。这些造物所拥有的唯一可识别之物，是那盏独立的灯，照亮他们前面的桌子之一端。周围则是毫无希望的黑暗。沉默主宰着，令人难受，沉默持续着。他们当中每一个个体都意识到应该打开僵局，不论用什么方法，每一个都想象坐在旁边的邻居很不高兴地甚至怀着仇恨地观察他。而实际上，他们不知道他们都有着一种晕眩的罪恶感和孤独感。整个情形的怪异程度每分每秒都在加强，而且愈来愈凝滞。时间一分一秒地流走，使人愈来愈难以忍受。说话似乎是能打破这个沉默的唯一办法。必须使人听到他的声音，必须显出有能力履行他的判官角色。在清了清喉咙之后，那只坐在中央位子的庞大动物，因为他的位子而自以为应该扮演主席的角色，打开放在他面前的文件，大声地念了起来。虽然他被自己的声带过度振动吓到了，他所念出的话也使他感到痛苦而尴尬，他却继续念下去。在他眼前的是一首散文诗，超现实主义的作品，一个完全不适合审判场面的文本。坐在他左右的创造物，想到他们目前为了证明他们的存在不得不回答他，就泄气了。为了不透露他们是外来者之身份，他们当中的每一个都假装知道要审判的程序并且发言，用极端侵略的很有把握的态度来掩饰他们的恐惧。一个接着另一个地宣读散文诗。诗词并不总是无意写成的，相反地，它充满了私人诅咒和攻击，手法虽然相当幽微，但是足以使每一个审判官内心感到被指责。法庭开审因此没完没了。噩梦没有出口。

那首诗，玛莉亚·三百十三几乎一字一句地全部记得，因此不需要设法让她安心。她绝不朗读该作品。不过，她感到嘴唇就要说出一篇演讲。她不朗诵后异国情调主义或者超现实主义的诗歌，可她感觉到在她唇上的是一篇奇异的闲谈。

她先道歉，要是我将要说给你们听的有一点儿凌乱的话，请见谅。我昨天才接到通知，说今天有一场研讨会在这里举行，我被邀请做一个口头报告。我没有时间准备讲稿。这不是我的研究领域。直到今天，我向来看重短篇寓言故事之创作，也偏好重复我的男女狱友们流传的故事和讲述。我很少思考语言的起源和虚无的哲学。

她停了片刻。随后继续说。

她说，请你们宽容。

她还没完全喘过气来，即使周遭完全黑暗，她的赤裸继续让她感到痛苦。她不用左手遮掩她的性器官之下方，不把右手臂放在双乳乳头上，可她总想着她那羞耻的赤裸身体，她不知道怎样掩盖这个身体。

她重新开口说，我不确定我的想法是否适合你们。你们晓得，我向来偏爱小说。偏爱政治宣传小品和小说。在被监禁之前，我尤其写了诗歌和短篇志异。可没有任何一篇流传过。那之后，在重刑犯监狱里，我接触了后异国情调主义作家们和萨满巫师们，认识了一些人和一些精神不正常之人，像英格丽特·旭米兹、玛莉亚·旭哈格和丽莲·欧瑞根，我们便一起创作了一种无名的文学。

她在继续独白之前尽力吸气和呼气了好几次。

然后她说，这是一种涵盖了差不多一切主题和所有的文类的广泛的文学，但是它没有名称。我不确定我这篇演讲在这个场合里是否合宜。我会试着不使你们失望。我会努力让你们可以听得懂我的话。不过我无法保证。我现在要说的也许听起来像一篇神志不正常之人或是临死之人的讲话。请别要求我讲话有条不紊。

她闭口不说话了，等候她面前有反应。她竖起耳朵。在近处或在远处，无一人觉得需要给她反应。她看起来无可救药地孤单。

她在几秒之间试着在心里浏览她接下来要说的话，可什么也没出现。她好像处在一个幽黑的深渊之边缘。她得跳进那个虚空里才能多知道一些。

她站着，脚踝在不冷不热的灰尘之中。

没任何回声来打破这个紧密的沉默。

毫无气息。

只听得见她赤裸的身体所发出的噪音，咕噜声、跳动声及共鸣声。

又一次，她因为羞耻而绝望。没穿衣服，孤单一人，已经死了，为了给人感觉她忍受得了目前的情况而必须说话。

她说，完全什么都看不见。某个东西在我嘴里搅动，出去而变成话语。我想要用话语打破沉默，我没理由因此感到骄傲。可这是我的声音，或者说，毕竟是从我的嘴巴出去的声带振动，我没办法甩掉它或者不理会它。

她很想坐下来或者蹲下来。但是此刻她感觉如果那样做的话，面对她的听众们，那将会是一种更醒龊的姿态。

她说，不论你们是谁，你们都耐心地等候我，感谢你们。我先谢谢你们的专心聆听。

她随后吸了一口气，最后一次地想起她的第一本小说中的那个不幸的创造物，她翻开一份陌生的档案，用一种夸张的声音念起来了，但她一点都不明白她所念的内容。她启动了。她开讲了。

她评论说，语言。最初。

最初，至少在我们后异国情调主义的世界里，最初没有语言。没有语言，但是有一点儿光，即使没光，有一个地方和一种情况的意象，只有意象才重要。只有意象从一开始就是清晰而重要的。该意象是稳定的，一开始就具有完全的重要性，自立自足，并且能够满足我们。

之后才加上声音，声音是后来的，加上去的，譬如，一个在意象之外的批注，或者一个外来的文学介入。加上

去的人为的介入。因此引不起我们的兴趣。或者，第二种
可能性，那是一种在意象当中产生的声音，它用内心独白、
对话和歌唱把意象转化成演出，转化成戏剧。我们有兴趣
的是这个第二种声音。不过，常常既不是第一种声音也不
是第二种声音。

既不是批注也不是戏剧的呢喃。两者都不是。

玛莉亚·三百十三停了几秒钟。

她再次开口，在某些情形之下，也就是说经常发生的
情形之下，出现在意象之后的声音是属于该意象的一种声
音，它把我们不知道的某些意象的深处联结起来，它甚至
是意象之表达，意象的语言表达。

我要把这种声音叫作喑哑之声，不过，我想我们也可
以把它叫作自然之声。这是自然之声，因为需要用一些力
量，一些意象特有的自然力量，而不需要人类语言也不需
要人的声带就能表达出来。这是自然之音，因为它是依靠
意象内在的、确实具体存在的内涵，因为它是依靠在它之
前就存在的，而不是外来介入的结果甚至不是外在观察的
后果。这是自然之声，因为它的扩音器是在意象里面的自
然元素，譬如风，或者动物，或者被弃之物，或者老旧物
品，或者载满回忆的抹布，又或者，例如意象里面的其他
自然元素，其他的扩音器，像不说话的人物或死者。

意象用一种喑哑的声音说话。它一开始就不用语言而
持续地述说。它用非人的语言，用它不真实的出自声带的

语言表达，它用它那没有声带的声音表述。那之后才加入男女演员，众多人物才以他们声带振动的声音说话，他们默默地大声述说着世界，或者闭口不言。

玛莉亚·三百十三闭上眼睛，随后又睁开。在她外面没有任何变化。她怀疑是否有人听她说话。她再次想到她的皮肤，想到她那些没紧闭的窍孔，想到她那些任何布块也无法掩饰的窍孔，她在几秒钟之内因为想到那些事而沮丧，她随后努力克制自己而重新专注在她的讲话上面。例子，她想。举一个例子吧，玛莉亚·三百十三。一个例子或一个故事。否则听众可能会走掉。

她说，二〇〇七年元月二十二日，亚萨尔·塔尔察勒斯基走出了他的内在幽暗而进入一个梦里。那是一个辛苦的梦，几乎总是这样的，当人们换了地方，换了楼层，知道在融入新的环境的声音团体里之前，必须花好几个月的时间去聆听去摸索，因为即使是过去认识的囚友邻居，还是需要时间才能没问题地从这一个囚友飘浮到那一个囚友。大家希望很快地跟其他人融为一体，毫无困难地吸取每一个被监禁者的个性，为了在那个人将死的时候再给他延长一点点生命，或者在他去世的时候向他献上敬意，大家希望吸取每一个被监禁者的风格、脾气以及男人或女人的困扰。不过，亚萨尔·塔尔察勒斯基在几个小时之前才被转到五〇一房间，他才在那儿度过了第一夜，他还没能跟他最近的狱友邻居们打招呼。这是为什么他的梦那么辛苦。

他的梦很辛苦，这个梦主要由一种情况和一个意象构成。亚萨尔·塔尔察勒斯基穿着一身军服，走在一个沿着海边的水泥广场上。越过水泥广场有几座空荡荡的亭子，再远一点就什么也没有。意象表述，不是用人的声音对亚萨尔·塔尔察勒斯基说，他选错了方向，地图上没有他要去的目的地，他想沿着走的铁道已经迁移到几十公里远的地方。意象以其喑哑之声如此说。意象语言深入塔尔察勒斯基的内心，他因此明白他不会及时赶上在晚上之前可以搭上的那列火车。他蛇行穿越地上那些反射了极灰极亮的天空的水泽，然后，他走到广场的边缘，然后飞起来了。现在，海在他下面愈来愈远。他不情愿地沿着垂直岩壁移动，右边是悬崖峭壁。他不头晕，可呼吸困难而且很大声，因为他知道走错路了。狭窄的阶梯把他引向一片大多数的玻璃已经因为老旧而被风吹破了的玻璃屋顶。好几个人在那儿躲避，其中有亚萨尔·塔尔察勒斯基认识的六个男女，他和他们一起战斗过，他已经二十五年没见到他们了。他们在那块靠着墙而面对着海的平台上，没有任何出路。他们因为焦虑而沉默。塔尔察勒斯基走进他们当中。意象继续表述，对他们说他们没有任何出路，时间流逝，他们期待什么或继续做什么都起不了作用的。

亚萨尔·塔尔察勒斯基突然开口说话了。我记得很清楚他说的那句话。他说："伊利瞿，你呢？你想过即使千年以后也许这永远也不会发生吗？"那群人当中没人叫作伊利瞿的。在我们当中的每一个人都越来越焦虑。

亚萨尔·塔尔察勒斯基不久就苏醒了。他立刻想，哪一个伊利瞿？我刚才用这个声音说了什么呢？通过我嘴唇的声音是谁的？

他汗淋淋的，在水泥床上辗转难眠，那是他新的牢房里的睡床，他随后起身。所有的人都睡在上层。有人在下面嘶吼着，然后闭嘴了。

塔尔察勒斯基重复说："伊利瞿，你呢？你已经想过即使千年以后也许这永远也不会发生吗？"他用一种压抑的声调小声说出这句话，面对着门，他的头几乎碰到门上窗口前的栅栏。他想，会是什么事呢？即使千年以后有什么不会发生呢？他闭上眼睛，试图重新在他的回忆里观察他的梦。他再次看见群体里的所有成员，可意象不再表述了，而他自己也变得模糊了。

他对着门上那窗口喊道："是谁说的？刚才是哪个声音说话的？刚才是哪个声音对伊利瞿说话的？"

他一拳打在门上。没人回应。

他再次喊道："这声音是谁的？"

随后就闭嘴了。

玛莉亚·三百十三喘不过气来，她觉得她那直立的姿态很不自然而且具有挑逗性，配得上称作给盲人看的色情杂志影像，不真的合乎此时此地的情况。她犹豫着，打算就要往地面下降，就要蹲下来，但是她立刻抗拒这个欲望，维持站立姿态。蹲着，双腿张开，即使借着幽暗这张屏风使她那蹲姿的淫秽没有那么吓人，但蹲着显然会更糟糕。

她等待后续。她呼吸不规律。然后，一分钟之后，她的肺安静下来。

再一次，有话语准备要从她的嘴里出来。她微微打开嘴巴，话语出来了。

她说，就如我们刚才看到的，当我们要确定声音来源的时候，我们很难肯定些什么。意象内在的人物经常成功地聚拢足够的力气而说话，有时候以独白的方式，有时候以对话的方式，可是，由于那些人物里面及其周围的黑暗，我们无法确定究竟是哪一个人物正在说话。人物本身是不问这个问题的，可当他们如此自问的时候，他们却觉得没有能力回答。他们没有答案，或者更准确地说，他们不是百分之百地确定答案是正确的。他们能给的是可能的答案。他们辨识出一个熟悉的声音，表述了不会震撼他们的想法或片断的想法，一些他们很自然就同意的想法，或者这个声音说出适合他们的谎话或片断的谎话。他们因此判断出他们正在说话，他们的嘴巴动着，他们因此判断出他们很可能正在说话。他们认出了一种听起来符合他们向来以为是他们的声音的声音，他们就跨出一步，克服了犹豫，决

定承认他们所听到的声音就是他们的，这声音在黑暗深处，
在极厚重的黑暗深处，感叹平凡之事或者感叹谎言。不过，
他们有的时候也会怀疑。当他们要为自己发言的声音在头
脑里某个地方回荡，而他们的嘴却是紧闭的，当一切都显
示他们沉默不语，睡着觉或者已死的时候，他们尤其会产
生怀疑。就是在这样的时刻他们越来越觉得不确定。这是
难熬的时刻。人物跳起来。或男或女，人物跳着。突然，
他发觉到在他身旁有人可能借用了他的声音，或者，某个
东西甚至某个人从他的头脑的深处迫使他说话。根据经验，
我可以说这种质疑使血液里的肾上腺素增加，当人物还有
血液的时候，并且有焦虑痛苦的感觉，当人物还有感觉的
时候。人物探询他们的声音之来源，可在自己内在找不到
任何令人满意的回答。人物跳起来，向料想的幕后人吼了
几句气话，有的时候也在说话当中断然停止。当黑暗实在
太紧密的时候，人物们咳几声以便清一清喉咙，然后继续
说下去。人物咳几声以便清一清喉咙，却不再说了，在幽
暗之中蹲下来，蹲在昏暗的地面上，大家等着后续。

　　她咳了几声以便清一清喉咙，不再说什么。她在幽暗
之中蹲下来，蹲在离满是灰尘而且很暗的地上几厘米之处，
然后又站起来，因为没有抗拒那个动作而感到震惊，随后，
在喃喃自语的犹豫之后，她再次蹲下来，坐在脚踝上。不
管怎样，这个姿势虽然有些猥亵，但还是比较自然，比像

一只动物用后脚竖立着奇怪地面对空无，还适合此时此地的情况。

她想，意象。应该使我的表达不那么抽象。玛莉亚·三百十三，想办法尽快提供他们能够认得的影像。否则，他们会分心的。否则，他们会只想到我的性器官和我的窍孔。

她再次开口说，现在为了说明，我要引用几个没有语言或几乎没有语言的意象，几个能使人听见它们喑哑之声的意象。你们认识那样的意象，你们肯定看过一些电影，其中有无声的意象。它们不是静止不动的意象，但是它们基本上是无声的，而且它们强烈地使人听到它们的喑哑之声。

· 在英格玛·伯格曼的《第七封印》中，骑士与魔鬼下棋的那一幕，背景是几个很辛苦地爬山坡的人影。

· 在贝拉·塔尔的《诅咒》中，在一只狗前面叫的那个四脚落地的人。

· 在大卫·林奇的《橡皮头》中，一个婴儿在一间没有窗户的可怕的公寓里哭着。

· 在茂瑙的《诺斯费拉图》中，一栋废弃楼房光秃秃的正面有一个窗户上面出现的僵尸的头。

· 在英格玛·伯格曼的《羞耻》结束时，在一片满是尸体的空无之海上渐行渐远的小舟。

·在王家卫的《东邪西毒》中，被风吹起的窗纱帘遮了一半的荒凉景色。

·在安德烈·塔科夫斯基的《潜行者》中，清晨搭乘轻便轨道车之旅，配着轮子转动的声音。

·在黑泽明的《生之欲》中，患有癌症的老人在荡秋千上唱歌。

·在沃纳·赫尔佐格的《侏儒流氓》中，戴着超大摩托车眼镜的盲侏儒彼此用拐杖打架。

·在赛尔乔·莱昂内的《西部往事》开头中，有三个土匪等车的车站。

·在安德烈·塔科夫斯基的《伊万的童年》中，河川上方的明亮的线。

·在安德烈·塔科夫斯基的《镜子》中，一阵风吹过的草原。

她沉默了一段时间。

她想，其他还有很多。这一类意象都在表述。它们不用语言地说话，用一种喑哑之声，一种自然喑哑之声。

她再次开口，当意象一出现时，就不可能沉默。即使完全黑暗，即使意象玄黑并且无人弄出响声或说话，也不可能沉默。有一种声音发出来，承载有别于嘴的语言的其他事物，甚至承载不是喊叫、呼吸或呢喃的其他事物。它承载回忆，意象的回忆，身体的回忆。它用意象之无声述说或者用身体之声述说。从意象厚重的黑暗里说话的身体，甚至有时候在意象之下方说话，用它的身体语言说话，既没有语言也不沉默。有的时候说话的身体稍作休息，但是整体说来它是不沉默的。意象的喑哑之声在身体周围穿行，而且在这个喑哑之声当中几乎总有身体的回忆，身体吸入了并且转化成它的一部分。当意象的喑哑之声放弃它的身体回忆时，身体把这些回忆再取回来，用它身体的声音述说它们。在沉默之中或在非沉默之中，回忆不断地扩散，一直到变成吼叫时刻或者呼吸时刻或者呢喃时刻，一直到身体拥有足够的回忆以便能闭口不言。那些不一定是痛苦的回忆，也不一定是人的回忆。可是，即使当回忆多到足以形成一个人物或一个故事而与意象分开的时候，即使当身体的声音闭口不言时，她仍然远离沉默，她让意象喑哑之声穿过它，她仍然远离她自己的沉默。

她停止讲话。她觉得精疲力竭。她好像也没聆听从她嘴巴放出来的话。而且这是一种不舒服的感觉。她左右摇摆着，像一只过重的鸟在它的蛋上方寻找一个姿势。然后，她安静下来，不再动了。

她想，述说根本的事。我如果不谈根本的事，我就无法使别人了解我要说的。

她试着回忆她刚才对沉默的听众们，对她那些也许不存在的听众，说了什么。可她无法重述她刚才所说的话。

那些好歹是她说话的对象的男女听众们，他们记得她的演说的内容吗，即使只记得几个字？她注意看近处，看远处。什么都没有看见。一切是没有任何光线会穿透的浑然黑暗。她希望看到或摸到什么东西，可她周围什么都没有。除了模糊不清的地面之外，没有什么可以让人握住的。一阵几乎是毫无生气而且很闷的空气流过她的身体。

她的肺把那气流引进她的身体里面，随后把它送出去，送进黑暗里。

她自问，在一段时间之后，她现在是否发臭了。想到她会发臭，即使臭味有限，就让她惊栗。她想，我身体的窍孔。没有迹象证明它们不会开始排出身体的臭味，霉臭味。内脏的霉臭味。没有迹象证明我身体的窍孔已经开始喷出臭味。一分钟之内，她试着嗅她自己的味道。她没闻到什么，但是在黑暗深处恶心的感觉愈来愈强烈。她动了一下，一下左脚一下右脚地跳着，然后，她再一次平静下来。她想，一会儿吧，我还没结束我的说话呢。我就要谈到根本的问题了。

她重复说，必须谈论根本的事。

她再次开口说，根本深处还没有意象。只有带黑的。那黑是在深夜中或者绝望中，都不重要了。那黑蹲在幽暗之中，它低声抱怨，以便发出什么可以使它从孤独或从无意识里出去的声音。黑独自在深处，它低声抱怨着。它低

声抱怨或喃喃呓语。喑哑之声毫无疑问地来自孤独和喃喃
呓语。初始甚至还没有意象，只有深处和黑暗，有一个盲
目的黑，蜷缩着，对它眼前还不存在和对它将来的存在喃
喃呓语着。那还不是意象，还不是喑哑之声，总之，没有
语言。喑哑之声是没有语言的，在低声抱怨的内在移动的
是无言无语的。我自己就经常这样蹲着，以便在深夜之中
或在绝望之中喃喃呓语着，我明白那时刻是没有意象的，
是还没有意象的。我的证词很重要。在深处，人们双手抱
着头，缩进痛苦里，无言无语，很清楚自己和一切意象离
得很远。人们不用语言地低声抱怨，喃喃呓语着，可什么
也没说出，什么也没见到，不管低声与否，这个声音无处
可及，黑暗什么都不留住的。那还不是意象，甚至不是意
象缺席。

她想，对。对，就是这个。必须继续谈这个。我连一
半都没懂，可必须使这个超越我之外。我不用语言地低声
抱怨，我喃喃呓语着，可没说什么，也没见什么，然而某
个东西超越我之外。低声与否，我的声音无处可及。黑暗
什么都不留住的。但是这是我的声音。必须继续说。

她继续说，人物的声音常常出自他们的胸腔甚于出自
他们的脑袋。声音穿过肺部深红的物质，经过恶劣但颜色
不确定的管子，像水蛭和尸体的软骨具有的管子一样，然

后她因一些带红色的绳子而战栗，开门见山地说，这些绳子丑得叫人窒息，那样的丑，只有当我们从里面观看时，就是当我们从上面看到喉头，再从那儿看向牙齿和嘴唇的时候所看到的舌头和嘴巴的内部才能比拟的丑。人物的声音所取的路径基本上是一条红色路径，声音走过崎岖的红肉道之后才离开身体。声音是在胸部和头下方那些红色物质里发源的。它不是发自头脑，只有在它传向头脑以便告知头脑它的存在的时候，只在这个时刻大脑的灰色物质才接收它，吸取它，使它以为它生于这些灰色物质之中。人物的声音因此顺服地夸说它源自灰色的聪明和灰色的意识。而实际上，它只是在红色旅程之后才往语言层次发展，才越过喊叫或呢喃之外。事实上，它最初是一种胸腔之声，一种红色的组织和红色的身体的声音。人物的声音宣称是出于智慧和意识的灰色脑质，可它根本上一直是红色的，有时候它记得，但它会掩饰，有时候它记得而不做掩饰，有时候它什么也不记得，它就孤伶伶地颤动着，在意识和意象之中，在灰色之中，孤伶伶地。

玛莉亚·三百十三说，还有一个回忆。人们不确定是她说话，或者人们听到的是由另一个人物甚至另一个演员说的。不过，这是她的声音。

她重复说，还有一个回忆。

　　她说，我发现自己在意象里面。到处都是黑的，每当我闭起眼睛时，一幅高原风景，一片稍有起伏的辽阔平原，被天覆盖着，一直到地平线尽头。草波动着，随着风力大小和风穿越的范围，草有时是苍白的绿绒，有时是鲜亮的绿绒。在这样的光线之下，在这片草原汪洋当中，人们会自问要说什么。我曾经处于意象之中，一个人，没说什么，我偶尔睁开眼睛，走了一两步。我的手马上就碰到牢房的墙或门，金属做的门几乎是温的。我可能会说一说当我睁开眼睛的时候我的手所触摸到的事物，可我不想说，我在回忆中寻索以便说别的事。我的记忆不行，常常是这样的。我只记得眼前当下时刻，也就是我一阖上眼皮我身所处的意象，那是结合了辽远广阔的蒙古大地和大草原的蒙古辽阔之天。该意象的喑哑之声穿越我。它告诉我，我有一种人的声音甚至人物的声音，还说我可以使用这个声音表达我的存在，述说我的过去、最近、现在或虚构的存在，并且述说意象。

　　我述说了意象。

　　我闭上眼睛，睁开眼睛，我不清楚自己是活在过去或者活在其他的事物之中，我不知道自己在处于意象当中之前是死了或者还活着。我有过一种人的声音。我用它来使自己成为一个人物，我在压着我的蒙古之天的下面像人类一样直立站着。草原波动着，几乎没什么可说的。我在很长的时间之内保持着沉默，我闭上眼睛或睁开眼睛，我的嘴巴几乎没发出任何响声。

　　她想，就是如此。

　　她不知道响声是否出自她的嘴巴。她感觉是，可，她累了，她不去聆听沉默之中发生了什么以便检查是不是从她的嘴巴发出的。她往地面再蹲下一点。她露出真实面貌：她靠近纯黑的灰尘蹲着，她在黑暗深处毫无意义。她想，玛莉亚·三百十三，你什么都不是了，连一种声音都不是。你面前有没有又聋又哑的听众，都不重要了。假如他们是公的，他们看不见你，他们把你和黑暗混在一起，他们分辨不出你的身体或心理细节。假如她们是母的，她们没有理由怀着恶意观察你，不管如何，她们毫不在意你。你打开双腿或者睁开眼皮，都不重要了。

　　她停了很久，靠近不冷不热的地面，沮丧，不动，没有任何动作。

　　她再说一次，就是如此。

　　也存在着没有意象就产生的声音，这声音强烈地搅动着语言幻想，人们只能随后跟着它们想象一些意象。这些声音是呐喊。呐喊的声音不是人物的声音，它们也不是源自意象。呐喊的声音不在意象的时间里或空间里出现的，它们不穿越身体内在那条从肺部到嘴巴的路径，也不服从灰色物质的凄凉，不服从灰色的知识，不服从灰色的记忆，不服从灰色的意识。呐喊的声音就像后异国情调主义，来自他方，哪儿也不去或者往他方去。人们听见它们，可它们只互相说话。也就是说，它们不对任何其他的人说话。它们为自己大声说话，在一切之外搅动着它们的节奏，在一切之外投射它们的暴力和闪光。它们在宇宙之中短暂地放置一些没有喑哑之声的意象，或者一些没有气息的呐喊，或者一些晦涩的片断记忆。人物的世界和意象的世界不认识呐喊的声音。这些声音有一种自闭的语言，一种晦涩的噩梦般的语言，它们不跟意象混合。它们既不与意象的喑哑之声也不与意象混淆。

当声音呐喊的时候，它想到卑微而令人惧怕的动物们，它想到战火，想到焚烧人类的炉火，它想到汪洋的水面，想到辽阔的海洋，它想到无穷无尽，想到黑色希望的黑色余烬，它想到无任何余地的单独的复仇，它想到无穷无尽的黑色复仇。它不会想到人物，它忽略意象，因为它认为意象对它没任何帮助。呐喊的声音强烈地忽略意象，正如它忽略持续的时间，忽略持续的感觉以及时间流逝的概念。它只想在卑微而令人惧怕的动物之旁、在被杀死被焚烧的人类之旁、在被焚烧的女烈士之旁尽可能地久留。它只想在任何的情况之下都不停止，即使它所呐喊的世界不接纳它或不了解它。呐喊的声音企图永不停止，它立志不接纳现实的世界或向来如此的世界。它不承认世界、持续的时间、意象、歼灭。它不担心它的音乐性，它只想到它那又深又大的黑色复仇，想到它那单独的、深广的、玄黑的而且毫无余地的复仇。

她说，玛莉亚·三百十三，我对你说。然后她就闭嘴。其实，她根本不知道从她双唇说出去了什么，她只知道她因为赤裸、因为死了还说话而感到羞耻。她感觉手臂上有炭黑。她想自己把手插入地里，这么想，她并不觉得不舒服。她可能一时之间失去平衡，她没注意到她已经从蹲着的姿势变成一种更接近动物的姿势，更靠近大地。她就以这个姿势停留了好几个小时，假设人们能因此测量出时间的缺席。之后她聚集了她内在所剩的一点能量和意愿，开始很缓慢地移动。为了前进，她动用了四肢。她往空无的方向前进。她不再呼吸了。在她的上方，天是一块坚固的墨水块。她非常孤单。没有任何话语陪伴她。她的发言结束了，会议结束了，甚至无法再想象有听众了。她极其缓慢地走着。她的手臂和腿陷进尘土里，然后离开尘土，随后再次陷入尘土里。从远处看，她很像一只拖着脚步的将死去的可怜虫子。从近处看，也是如此。

她最后一次想，我对你说。

之后，她继续走下去。

最后，至少在我们后异国情调主义的世界里，也不再有语言了。正如开始的时候，没有语言。唯有意象。声音停了，唯有意象。不管它消失与否，不论它要表述什么与否，最后，我说最后，真的是最后，唯有意象。

明天将会是一个美好的星期日

　　尼基塔·古西凌并没有成为作家，他没有作家的才华，而且边缘人和被排斥的低级人的地位没有吸引他的理由，可是他毕竟成了作家，他出生的时候就或多或少是作家了，他一九三八年六月二十七日生于莫斯科南方的耶梅洛沃的一条没有浇柏油的街上。他姥姥说他生的那天是星期日。

　　她说，那天是星期日，一个美好的礼拜日，那是，对呀，对，那倒是一个美好的星期日。钟声响着。你妈妈嘶叫着，两腿在血泊上方分开着，她掏空了自己，渐渐地死去，钟声响得很快，那是一个炎热的六月天，从窗户看得到白桦树闪闪发亮，好像每一片叶子都换成一面小镜子。对她来说就像对我们所有的人，那天将会是一个美好的星期日，可她正在死去。接生婆失去冷静了。尽管你妈血流不止，她安慰你妈，但是她愈来愈不能控制她的声音，她也叫起来了，你还没完全出来，胎盘的带子把你绑住了，钟声响得很快，我打开窗户，好让从你妈身上发出来的肉和死亡的味道消散出去，因为，尼基塔，你别以为分娩的味道是使人愉悦的或是没味道的，可不呢，相反地，那些味道令人受不了。钟声因此更强烈地快速传进产房里，你那时才哭叫起来，好像要盖过那些响声，我马上把窗户关上，当我转过身来的时候，你终于生出来了，脐带不再缠住你，可是你妈死了。

他的出生故事，古西凌已经听过很多遍，每一遍稍有不同，因为他姥姥倾向史诗式的夸张和滔滔不绝，现在，当他在心里对自己重述这个故事的时候，他不再有他小时候所感受到的激动和尴尬。小时候，当他得知他的出生是伴随着甚至引发了他妈妈的死亡的时候，他心灵受到很严重的创伤。四十五年之后，当他认为自己已经走到人生界限的时候，再下去没有什么了，除了通向坟墓的路上那不可避免的渐渐衰弱，他的罪恶感还在。他曾经成功地把这个罪恶感掩藏在其他的不安和别的恶劣回忆之下，可在他内心深处，那个心灵创伤永远都不可能结疤的。渐渐地，他姥姥对他说的故事却衍生出某种朦胧的文学作品，是由一连串强烈但矫揉造作的意象构成的，好像那是一部内容老调重弹的电影，重复得太多次而无法唤醒从前的痛苦。他姥姥已不在了，无法再灵巧地搅动那些会使他害怕或使他痛苦的事情。他在那部影片里一而再再而三地看到湿淋淋的兽性、嘶吼、嘈杂的歇斯底里、乱响的钟声有一种如此夸张的色彩以至于人们不再相信正在发生的悲剧。古西凌逐渐不那么在乎，几年以来他甚至能够对着他的出生故事耸耸肩。

他经常闭着眼睛再次听着他姥姥温暖的声音，女演员的声音，他一想到她就变得温和了。他佩服她说故事的艺术，他记得第一次怀疑她所说的那些使场面变得如此生动如此让人印象深刻的细节和情节的真实性的情形。他迟迟不承认他姥姥编造了许多故事细节，但是，当他已是一个羞耻忧愁的少年后，有一天，因为老是为了他的出生而赔上一条人命的事情不高兴，他得到了一个启示：钟。一九三八年六月二十七日在耶梅洛沃不可能有任何钟声会响起来，不管那是礼拜日或是别的日子。那时候，东正教教会和政权关系很微妙，至少这是我们能确定的。反宗教斗争虽然没有二十年代那般的激烈，可事实上，神职人员避免在白天里主持弥撒。人们还遇到眼神飘忽的神父，他们神情紧张，还因他们日常生活中半非法的环境而恐惧，弥撒举行了，可钟声没响起。他对姥姥说，那是不可能的。那时代，钟声是不响的。

什么，不可能？他姥姥生气了。我对你发誓，离家里不到一百米的地方有一组钟，我记得很清楚，好像那是昨天发生的事。天空晴朗，那是一个美好的礼拜日，一个美好的六月的礼拜日。我打开窗户，因为房间里闷死人。你妈从半夜起就不停地哀叫。清晨很辛苦。房间里很难闻，我没办法再呼吸汗味、扩大的器官和脏衣物所发出的味道，

接生婆的头发臭死了，她那兽医用的围裙毫无瑕疵，但她
身上的连衣裙应该穿了一星期了，她很可能没时间换衣服，
拿到什么就穿了而匆忙赶来接生，她身上穿了很久的衣服，
我对味道很敏感，你妈就没那么敏感，不过你遗传了这个，
尼基塔，你忍受不了臭味，我们都是这样的，你和我都不
能忍受臭味。所以，我走到窗边，打开窗户，可那接生婆
叫我别打开，她属于认为婴儿的出生得在一个没人看见的
几乎密闭的地方进行的生产理论派的，她还可能希望我离
开那房间，可我拒绝了，我坚决地拒绝，首先因为嘉莉亚
是我女儿，也因为我不喜欢那个接生婆，虽然她有专业文
凭，可是没能力，我怀疑她是很差的接生婆，没什么能力，
只会进去那些告发邻居和其他所有的人的办公室里。我关
上窗棂，就在这时刻钟声响了第一次，但是时间还早。我
不知道几点了。随后好长一段时间，房间又像密闭室一般，
和一切隔离，然后你就开始出来了。你那光秃秃紫色的头
出现的时候看起来很吓人，我看了几秒钟就没办法看下去，
随后，你妈大量流血不止，搞得我很想吐。当接生婆试着
把你接出来的时候，我再次走到窗户旁。你妈拒绝别人抓
住她的手，她拒绝所有的帮助，她拒绝看到我，她拒绝一
切，她呻吟着，像一只被拉到屠宰场的动物，人们已经割
了它的喉头，但是没割好。我眼前的女儿比较像一只令人
恶心的动物，正在以令人厌恶的方式渐渐死去。她说不出
话了，也不再对谁说话了，她嘶吼着，她的叫声是那么可

怜，像一只羔羊或一只母牛在屠夫的刀下的叫声。尼基塔，
原谅姥姥把那些事情用这样残忍的方式说给你听，可那是
真的，我没办法把她看作是一个人，是一个跟我有血缘关
系的人，是一个在好一点的情况里会转向我对我表示她是
我的女儿的人。我对她没有什么特别的感觉，除了感到生
气，甚至有点厌恶。我从来就没有母爱细胞，从来就不高
兴自己有个女儿，想到要为有遗传关系的女儿负责，我就
反感。尼基塔，你看我什么也没对你隐瞒。我从来不想要
当一个典范。不过事情临到了。我知道你出生的那天是礼
拜日，因为听到钟声。如果是其他的日子，外头便是静悄
悄的，或者一辆卡车开过的噪音，或者人们聊天的回音。
没什么声音的，不管怎么说，咱们这里是一个村子，而且
是一个几乎没什么人的村子。那儿，倒是有过钟声。很明
显地，我不可能捏造出钟的响声。我对你保证，尼基塔，
我不可能捏造出钟声。我记得那天早晨就像那是昨天的事。
那是一九三八年六月二十七日，发生在莫斯科南方，我确
定那天是礼拜天。钟声响着，天闪亮着，那是一个美好的
礼拜日。那是你的生日，一个美好的礼拜日。现在想起来，
你的出生应该会是顺利的。

尼基塔·古西凌的姥姥的声音既感性又稳重。他整个
童年当中都在听这个声音，服从她而且相信她所说的。他
和姥姥一块儿生活，他们住在耶梅洛沃，之后，当德国军
人靠近莫斯科的时候，他们就往分散在乌拉尔山脉里的村

落迁移，库勒古林科、百卡九洛窝、阿斯卡柳窝。她偶尔，一年一两次吧，对他说他出生的故事，她从头说起，从那个糟糕的开始说起。她说，我是为了万一你不懂人生的价值才对你说的。她强调钟声很快地响着。尼基塔·古西凌问说，哪来的钟声呢？他八岁，还太小，不会质疑他自己的故事，不过，这个细节已经隐约使他不高兴。他用一只手套的反面擦鼻子，为了让血液流通，为了使鼻头不会因为寒冷而失去生命，而掉落。那个男孩的姥姥解释说，钟声。反革命者的钟声，神职人员的钟声，东正教保守派的钟声，反对苏联的钟声，托洛茨基主义者的钟声，奥地利、德国、日本和英国间谍的钟声。钟声很快地响着。人们只听见钟声。甚至你妈也不得不喊得更大声才能使别人听得见。接生婆请她叫小声一点。接生婆试图说服她，所有在她之前的女人都走过这条路。她随后就血流不止。血大量流出，接生婆便不再指责你妈了。在这个故事里，钟声没扮演任何角色。小男孩强调说，钟声……我一生当中从来没听过钟声，从来没听过礼拜日的钟声。尼基塔·古西凌的姥姥说，这是正常的。你活在另一个时代。一九三八年的时候，钟声还会响呢。我记得这一切就像那是昨天的事。钟声很大声地响着。那是在莫斯科南方靠近耶梅洛沃的布托沃，在车尔诺戈哈斯卡亚街上。也许那个地方发生一件特殊的事情，我没办法说到底是什么事。可是有响声。家里附近有钟楼，钟声很快地响起。这使分娩显得更恐怖。

你听见的最初的声音是你妈的呻吟和假装镇定的接生婆发出的疯狂的声音，还有钟声。小子，你当然不记得了，可就是那样。就像那样。

古西凌不觉得需要把这些寓言故事写下来，或者述说他来到的世界，他不觉得需要记述他的喜怒哀乐和失望，他也不觉得需要给别人教训。他根本没有作家的细胞，此外，假如他想从事人们习惯上冠以堂皇的"文学"称号的那些既枯燥又机会主义的活动的话，他快二十岁时的教育程度并无法给予他什么帮助的。他什么文凭也没有，他会安装电线插座，也会修理洗衣机和农用拖拉机，可他宁愿没有任何特殊技能，他总是做临时工作，一会儿是园丁，一会儿是泥水工，一会儿是工厂食堂里的清洁工或洗碗工，或是可疑的行政部门里的打杂的。他姥姥现在已经死了，他没亲人了，在感情和性方面，他从来没遇到过什么值得注意的人，女孩们向来认为他是一个可怜的家伙。他睡觉但是记不得自己做过什么梦，他不看书，他在学校里学过的知识渐渐消逝了，知识贫乏和日常生活的单调枯燥在他心里面挖了一个空洞，他并不急着填满这个洞，他也不因此而觉得羞耻，因为他身旁的人都跟他一样，知道他们的生命没价值，没出路，除了通往坟墓之外，他们一旦看清这一点，就都不在乎了。

有一天晚上，他不经意地发现了一本他寻找的旧日历，像所有的人所做的，他要知道他出生的那一天究竟是星期儿。他姥姥说那可能是一个美好的礼拜日。他不到一分钟就找到一九三八年六月二十七日是星期一。这个发现使他僵住了。他无法想象在这样一个小细节上，他姥姥也对他说谎。很久以来，他就怀疑钟的响声，甚至他妈妈所流出的血量，可他从来没怀疑过星期日这个日子。他因那个发现而陷入恐慌，当他走出恐慌之后，他记起他姥姥对他讲的出生故事。耶梅洛沃，布托沃，杜罗吉诺森林，俄国村庄氛围，柳树，桦树，冷杉，乱响的钟声，六月天的风和日丽，关闭的窗户，窗户打开又关上的噪音，屋外安静屋内悲惨，血的味道，一个看起来将来不顺利的新生儿，在一场不祥的浪潮里从一个世界滑向另一个世界的婴儿，他抗争着，略呈紫色，杀人者，他不惜代价地要存活下来，选择把一摊血和一具尸体留在他后面，作为他的生命之链的第一个链圈。

他姥姥说，所有的人都汗淋淋的。分娩的过程都差不多，总得往好的方面想生产是幸福的事，产下婴儿之后的平静和新生儿的出现会大大弥补分娩的阵痛。往好的方面想才是合宜的。可这个想法经常是错的。分娩的痛苦是无法描述的，产前的焦虑很难熬，分娩就是一连串的恐惧和抽搐。尼基塔，我还要跟你说。那也是人被这样的母性、这样的动物性吓到的时刻。我们感受到数千万年以来动物性的重担，而这个担子太重了，会压死人的。整个分娩过程当中，婴儿挤出肚子那段长长的时间是最难熬的。其他的女人在你身边动来动去，她们摸着你，她们抓着分开你的四肢，她们对你说话，你从她们声音深处猜想她们根本上就厌恶你的身体，厌恶你身体的下方，厌恶你的分娩好像生了一场病，好像是生了一场羞耻的病那样尖锐的危机。她们要你安心，她们说了一些想安抚你的愚蠢的话，可是你从她们声音深处听出她们对你的负面的评价，她们认为你应该更勇敢一些，认为你对痛苦的反应很糟糕，认为你没尽力，你把母亲的角色扮演得太差了。我假想嘉莉亚受了这些干扰，她感到又羞耻又难过，这些感受与她分娩的痛楚混在一起，也许正因为这样，她没有觉得自己正在死去。我不知道。我当时很希望是这样的，我现在还是竭尽全力这么希望的。我没触摸她，我没像那个接生婆那样地扳开她的双腿，我就在房间里，比较像一个没用处的旁观者，而不像一个会给予协助的人。我偶尔瞧一瞧正在发生什么事，我看见血大量流出来。房间里的空气令人窒息。所有的人都汗淋淋的。你妈汗流浃背，汗水就流在从她身体流出来的好几种液体当中。接生婆身体向前倾斜，很明显地碰到了她不知道怎么处理的难题，她身上的汗臭味散发在她周围，使我宁愿靠着窗户而不愿靠近床边。我自己也湿答答的，我受不了房间里的闷热和紧张氛围，我受不了无能为力的感觉，受不了反抗命运的怒气，我受不了同时面对着生和死。我没办法呼吸了。我打开窗户的时候，接生婆叫我把窗户马上关上。钟声纠缠不清地响着，不停地响着。当我再想起那段恐怖的时间里发生的事时，钟声不是最不能忍受的部分。就是嘛，那可真叫人受不了。对，就是这样。叫人受不了。

想到有关他的生命的重要细节被骗了四十五年之久，重新燃起他的怀疑、恶心和罪恶感，他以为时间已经掩盖了甚至减轻了这些感觉，与此同时，他觉得现在他自己能够拥有这个故事了，他可以不靠一种作为媒介的声音而亲自介入该故事。他才明白他的出生也可以用他个人的文字甚至细节去述说，明白他的出生从此之后是一个完全要靠他去虚构的故事。他姥姥，他妈妈，接生婆，钟声，味道，窗户，血，将来不顺利的新生儿，这一切可以用不同的方式组合，形成一个不一样的故事，按照他的想法构成的故事，也许最终会安抚他的心灵。

这就是为什么尼基塔·古西凌一九八三年对书写有了欲求。他没想过写一本书，没想到任何确定的形式，他只知道他必须从零开始述说他的出生。也就是说，把确实的过程写在纸上，把他挂念的事件一个细节接着另一个细节写下来。因为他没有发明创造的才能，所以除了万年历提供给他的那个要素之外，他又搜寻其他的要素。但是他的调查没有任何根据，他也没有调查方法，东找西找，就靠偶然的运气。有好几个月他过得很艰辛，他在姥姥说过的地点流连，耶梅洛沃，杜罗吉诺森林，布托沃，柏布洛窝。他很辛苦地探询一九三八年六月二十七日究竟发生了什么，可是他没找到任何特殊的事情，突然，他得知苏联内务人民委员会在肃反期间选择了他出生的地方枪决了两万人。那几个月很辛苦，因为他很沮丧，又没有工作了，很孤单，也因为天气灰冷阴沉。他在小巷里良心不安地走来走去，那些巷子现在位于杜罗吉诺森林的冷杉和桦树之间，他呼吸着树皮和潮湿的大树的味道，他毫无乐趣地缓慢地走在落叶上面，走在腐烂的针叶上，走在泥里。他的出生村落的景观已经被一个住宅区破坏了，没有人听过车尔诺戈哈斯卡亚街，老年人当中没有一个记得他的姥姥。他出生的屋子不存在了，老年人当中没有一个听过曾经有一个内务人民委员会主持的枪决中心，至于年轻人，他们公开地取笑他，不理他，或者给他怪诞的指示。那儿没什么可以帮助他组合他的回忆。现在，他在布托沃坡里共广场附近漫无目的地走着，那曾经是枪决场的广场现在几乎没有任何痕迹，在他的脚下是好几个公用坟坑和好几千个死人。

在菌菇的下面，在秋天微光之下，在雨水下面。有死人。有几千个被枪杀的死人。

有一段时间，他试着书写。某种东西迫使他那么做。但是他不知道怎么组织话语，即使他坚持努力地写，他只写下一连串不平衡的句子，一堆文字杂烩，不解释他的出生，不说明他妈妈的死，也没说到在杜罗吉诺森林另一边进行的屠杀。他写了半页之后，所有的书写企图就流产了。他生命的可怕的第一章向来只带给他心灵折磨和羞耻，而现在又加上他没能力撰写的乏力感。他失去耐心，因为他被必须尽一个文学义务的念头侵占。他为他的故事的标题感到相当骄傲，《是星期一的星期日的故事》，可是还缺下文。他几个星期里一直写着这个故事，写了一堆草稿，改了又改之后全部放弃了。他很不快乐。他刚搬到一个家具制造工厂入口的地下室里，他刚被雇用做从傍晚工作到清晨的夜间守卫。

他没朋友，此外，他的文学写作把他和外界隔离。不过，工厂里白天负责看守大门进进出出的那两个人待他如伙伴。他们当中有一个叫作大兹·多圭夫罗，曾经跟警方有过麻烦，可他拒绝谈那些事。另一个叫作乌秋尔·泰德诃科夫，有精神病史。尼基塔·古西凌就是跟这两个人谈论他的文学计划。他尤其让他们知道他没能力用文字把他口头上或多或少说得出来的故事写下来。他也把他的故事大概说给他们听。他提到布托沃、星期日、星期一、他姥姥、动物般的可怕的分娩过程。他很难大声地承认他妈妈就在他生出来的那一刻死去，所以他就没有说。不过他提到钟声这个细节，他还重复说了日期。他跟那两个看门的一起分着喝甜酒、啤酒和伏特加酒。

那个曾经跟警方有过麻烦的人想着苏联内务人民委员会的档案，想着没被销毁的档案里的名单，想着一九三七年、一九三八年被枪杀的人的名单，想着耶究夫的人们记载布托沃坡里共广场上被处死的人的名单，想着六月二十七日的那张名单。在疯人院待过的乌秋尔·泰德诃科夫说他有那张名单。他在梦里看到过，他知道那张纸放在哪儿，他就等待一个好时机再去看它，把它拿来给尼基塔·古西凌。他们喝了很多酒。外面很暗，风雨扑打着玻璃窗。乌秋尔·泰德诃科夫，站到一把椅子上，挥动着双臂，要把那个梦现在就召唤回来。他豁出去了。他患过精神病，此刻给人的感觉是他的病又发作了。他摆了不少姿势，说他命令神力进入他的身体，命令他的记忆再次把一切组合起来，命令那些被枪决的人在他里面喊出他们的名字，他偶尔东摇西摆而哭泣。要不是有一个光秃秃的灯泡把他照得很清楚，人们会以为他被鬼附身了，以为他回到他在阿尔泰山的故乡，以为他正在进行一场萨满教召唤亡灵的仪式。随后，他说出名字，一个接着另一个，都是那些被内务人民委员会杀掉的人的名字。他大声念出来，好像那些名字就在他眼前。

大兹·多圭夫罗和尼基塔·古西凌因为酒也因为召唤死人而感到沮丧，他们聆听着一份很像名单的名单，一张没完没了的名单的开端。

"埃布尔拉信，史提潘·菲欧多罗维奇！……一八八四年生于欧碧勒泽沃小村庄，德秦斯基乡，莫斯科地区！……俄国籍，小学程度，无党派！……在军用水泥工厂工作，负责供应暖气，地址莫斯科，东斯科伊第五大街，二十五号宿舍！……一九三八年四月十二日被逮捕，一九三八年六月三日被莫斯科的国家安全局一个三人小组宣判有罪，被指控：挑唆反革命！……一九三八年六月二十七日被枪决，埋在布托沃！……亚雷赛伊夫，亚尔提翁蒙·米凯伊洛维奇！……一八九四年生于德尔马诺夫卡村，巴扎尔斯基乡，基辅地区，俄国籍！……小学程度，无党派！……农民，有一匹马，住在科特李亚科夫村，列宁宁斯基乡，莫斯科地区！……一九三八年四月四日被逮捕，六月三日被莫斯科的国家安全局一个三人小组宣判有罪！……罪名：挑唆反革命，诬告批评苏联党的政策及政权！……一九三八年六月二十七日被枪决，埋在：布托沃！……巴旭卡托夫，瓦希里·瓦希里耶维奇！……一八九〇年生于德格田斯科伊村，科兹罗夫斯基乡，坦伯夫省！……俄国籍！……小学程度！……无党派，在吴达尼科合作公社注册，独立的拉车夫！……住在莫斯科，弗拉迪米尔斯基小区，一号工寮，一九三八年三月二十六日被逮捕！……六月三日被该地区的国家安全局一个三人小组宣判有罪，因为他在他居住的工人营区里挑唆反革命，并且对党的执政者具有发起恐怖行动之意图！……被枪决！……一九三八年六月二十七日！……埋在布托沃！……盖伊达，亚法纳希·菲欧多罗维奇，生于一八七二年！……生于格林奇村，赛米欧诺夫斯基乡，卡尔科夫地区，乌克兰人！……小学程度，无党派，五十七号渠道地铁建造工人！……地址：莫斯科，勒弗尔托夫斯基城墙，地铁工会十二号工人宿舍，三号工寮！……一九三八年一月二十一日被逮捕！……一九三八年六月三日被该地区的国家安全局一个三人小组宣判有罪，因为他挑唆反苏联！……挑唆反苏联，并且企图发起恐怖行动！……一九三八年六月二十七日被枪决！……埋在布托沃！……"

乌秋尔·泰德诃科夫的灵感一刻钟之后就耗尽了。他成功地从椅子上下来，没跌倒，随后瘫痪在其他两个人的脚下。不知道他是被伏特加酒醉倒还是由于那些被他召唤的神力顿然离开了他。他用一种令人担心的方式呼吸着喊叫着，然后他打起鼾来了。大兹·多圭夫罗含糊地低声抱怨说，没事，他恢复之后就没事。大兹·多圭夫罗自己则无法再抗拒瞌睡虫了。古西凌把他们留在那间有灯照亮、很臭而龌龊的狭窄房间里，他去值夜班。他去巡查所有的门是否上锁，所有的仓库和所有的作坊是否上锁，他在前面大门的天井里转了一圈，他巡视了充满回声的走廊。夜色浓稠，雨声很大。作坊里散出强烈的木材味、油味和釉彩味。古西凌在巡查的路上东倒西歪地靠着一扇又一扇的门前进，自言自语着。他呢喃念着乌秋尔·泰德诃科夫一个小时之前高声呼喊的名字。他极端地惶惶不安，非常忧伤，他醉了。他背靠着一道铁门，脸朝向雨，外套向风和黑夜敞开。他再次念着一连串名字、一些最低限的传记要素，以及一些逮捕的日期。他的声音是带着醉意的怨言，也是向夜晚抛出的批评。这声音传不远，四米，顶多五米。

风和疲倦立刻把它消灭了。不过，这个声音是对着一个看不见的听众而发的，对着看不见的云而发的，对着生于幽暗的天之中的晦涩潺潺流鸣而发的，它向死者说话。

早上，古西凌醒过来。深夜里，他在无意识之中逗留在一间避身所里面。他的手脚和肚子冰冷，他的衣服还湿淋淋的。双手紧抓着一块木头，一块磨圆了的冷杉木，他因此跟世界又有了接触。他颤抖着走往他的地下室。早班的工作人员已经开始上班了，听得见作坊里锯子动起来的声音。古西凌走下楼，推开他那间狭窄的房间的门。灯一直亮着，可是一直没人来，他的酒伴们应该已经回到他们的工作岗位，打开铁门好让人们送货，打开工厂大门。古西凌住的那间小房间里有很浓的酒味。为了使房间里有新鲜的空气，他拨动着气窗，把东西放好，把瓶子放在角落，擦洗地板。他洗个澡，刮胡子。换内衣，然后在他那张有尿臭味的床上躺下来，随后又起来。他知道他没办法睡觉，他甚至想到他从此没办法睡得安心了，至少在他死之前，在他去跟那些在他生日那天被枪决的人会合之前，那些人是在他呱呱坠地的那一刹那、在他为了不计一切代价地逃离最初也是最后的子宫潜水而挣扎着反抗他妈妈的死的那一时刻被枪决的。他拿起一支铅笔，再次试图把装满他脑子的想法写在纸上，可写了两行不识字之人所写的句子之后，他就停笔了。桌上的木头看起来像一个隐形的图腾。那既不是木头，不是可辨识的家具的一部分，也不是一种神或人的粗糙代表。它只是木匠们锯木头时没锯好而留下来的一块木头。

那不过是一块木头，可古西凌撇开他身为作家有兴趣的但没有用处的事情而对那块木头说起话来。

"埃布尔拉信，史提潘·菲欧多罗维奇，你害怕。你被逮捕之后很害怕，你在他们审问你的时候很害怕，你在他们要你说出反革命的蠢话的时候很害怕，你在四月、五月和六月的那几个无止尽的星期里很害怕。你没搞清楚状况，你以为一切都会找到妥协的解决办法，可在你的内心深处，你明白人们不可能没有理由就把你关起来，他们不可能用捏造的理由把你送到劳改营。他们把你的脸打歪了，你满嘴都是血，你没办法睡觉，你很害怕。我也一样，在那个时期，我也很落魄。你很害怕，但是你还抱有一丝希望。你不跟其他的囚友谈话。埃布尔拉信，在那个时期，我也一样很害怕。没有人听我说话，而且在我内心深处，我明白我将来不可能安全地逃过那一劫，我将在很坏的情况下逃出去。埃布尔拉信，我现在对你说话。咱们在一起。试着不再害怕。咱们两人有过共同的希望，可事情坏了。咱们一起谈谈过去吧。我听你说。

古西凌对着木头一端说了这些话，他那天早上开始朗诵他唯一的但是庞大的作品，他因此将成为他的世纪当中最不为人知的作家之一，我们若要指出一个准确的文学时期的话，毫无疑问地，他是苏联经济改革时期最被忽略的作家，显然，他在虚妄语言的世界里没留下痕迹。

古西凌不书写。他放弃用墨水铭刻他想说的。

他想说的，他就说了。

他的小说有过好几个题目，《是星期一的星期日的故事》《那一天星期日不存在》《血淋淋的星期一》，不过，古西凌最后选了《明天将会是一个美好的星期日》，他就不再改标题了，也许因为他发现故事的题目对他不重要了。

重要的是，他继续这个工作而不疲惫，他为它而活。

古西凌的小说包含几个部分，虽然不连贯却不断地交叉，因而形成一个有力量、震撼人并且无法被拆解的故事，这个故事随时都可用新的元素来加强。作者并不在意他叙述细节整体上的安排节奏，因为他知道它们之间配合得很好，它们是不能分开的，只要他还活着述说它们，没有任何事物能拆解它们。下面是古西凌的小说最基本的部分：死者的名单，他们在什么情况之下被逮捕，他们受到国家安全局一个三人小组的审判，他们在什么情形下死去；六月二十七日出生过程的细节；思索婴儿的姥姥的政治立场，探索为什么她没办法听出孩子出生那天空气中的响声不是钟声，而是从刑场不停传来的一连串的枪决声；古西凌可悲的自传；酒醉后的独白，混合了传说的和反复出现的主题，譬如生活所需的供应问题和暖气供应问题，电视信号质量很差，商店里连基本的礼貌都没有；被枪杀的人的虚构传记。

古西凌收集抹布、铁片或者木块，偶尔也例外地收集布偶，他给每一个东西都赋予一个身份识别。他认为这些东西既是观众也是一组人物。他尽力绝不得罪他谈话的对象，他用充满感情的、博爱的语气说话，坚持要创造一个他能够表达他的悲伤但不会太凸显他自己的氛围。他不希望死者感觉要为他的不安负责。他不抱怨，可是当他用哭诉的语气的时候，是为了配合囚牢里受害者的述说，陪伴他们将被处死之前的孤单，在他们将被枪杀之前完全绝望的时刻陪伴他们。

他因此收集了在工厂里捡来的碎片杂物，然后是他在街道上捡来的废弃物品，之后，当他丢了夜间守卫的工作之后，他肩膀上背着一个装了他所有的家当的袋子，到处游荡。在那之后，当他安顿在一间半烧毁的破屋子里的时候，人们给他一个差不多的任务作为交换，就是看守一块一直没进展的建筑工地，雪覆盖了这块工地，风日夜吹着，那儿从来没有人出现过，既没有工程师，也没有建筑师，没有建造商或是负责维护这块地的工人，没有人曾经在那里出现过。整个工地只剩下几堆已经生锈得很严重的梁柱，变成一大块凄凉的土地。古西凌偶尔在这块工地上绕一圈，随后回到他那间火烧过的屋子里，在平底锅的旁边哆嗦着。他周围有由几个碎片组成的圈子，他把他的小说中几个新章节献给这些碎片，他就在它们面前不断地述说很多个他已经写好的小段落，那是由他半识字半不识字的回忆慢慢地建造出来的，既没出现矛盾也没省略，而且没加上任何多余的装饰。

他站在他的听众面前，谈起他的作品。

有关被枪决的人的名字，他跟乌秋尔·泰德诃科夫在那个出名的醉酒夜晚的做法一样，就是在内心一个一个地叫唤。他在心里召唤他们，他们就来了。找不到乌秋尔·泰德诃科夫。他失踪了，据大兹·多圭夫罗说，乌秋尔·泰德诃科夫的家人来把他送进一家精神病疗养院里。古西凌试图知道是哪一家精神病疗养院，他想去探访乌秋尔·泰德诃科夫，向他隐晦地索求以便补充他自己的名单，他的小说需要这张名单。大兹·多圭夫罗并没有给他任何线索或地址，还有，当古西凌上一次去家具工厂里看大兹·多圭夫罗时，人们告诉他，那个看门的犯了错而被解雇了，跟古西凌被解雇的理由一样；也就是说，在值班期间醉酒。古西凌从此在现实中再也没有可靠的信息来源以继续撰写他的小说，他不得不依赖他自己的灵感。他喝酒，他站到椅子上，在那盏没有灯罩的灯下面摆姿势，好像当场跳着沉重的舞，六月二十七日的受难者的名字来到他的身体里。

"德彪诺科，"他叫着，"德彪诺科，米凯勒·艾尔莫莱耶维奇！……白俄罗斯籍，无党派！……一九○二年生于特罗亚诺沃，科洛普奇乡，白俄罗斯！……不识字，史坦科里特工厂的没有执照的工人！……住在莫斯科，史科拉多切奈亚路二十号，十号工寮，十一号房，一九三八年三月十一日被逮捕！……一九三八年六月三日被莫斯科地区的国家安全局一个三人小组宣判有罪，因为他在史坦科里特工厂的工人当中挑唆反革命，对苏联的人民生活做出负面的评价和诬告，责骂苏联的党及政权领导！……一九三八年六月二十七日被枪决！……"

他有的时候把手臂举到头上而碰到电灯。灯泡烫到了他。他呻吟着收回手臂，然后继续说。

"迪米特洛夫，"他继续说，"尼可拉·佩托维奇！……一九〇二年生于特尔格科尼，巴克乌，罗马尼亚！……犹太人！……无党派，高等教育辍学！……二十一号字版制版工人，住在莫斯科，梅序强斯卡亚第一街二十三号，四十三号公寓，一九三八年三月三日被逮捕！……一九三八年五月二十九日被国家安全局一个三人小组宣判有罪，因为他替罗马尼亚情报单位收集情报！……一九三八年六月二十七日被枪决，被丢到布托沃公用坟坑里！……"

他没有一直站在椅子上。他从椅子上下来，他在他家的主要房间里绕了一圈，很慢地到处走着，耸耸肩膀，用脚敲打没被火烧掉的地板，可有时候地板上会出现黑色灰尘，没有扫帚会来打扫。他玩弄着金属碎片，玩弄他取了名的一些小木块，玩弄听他说话的那几把碎布。他叽咕地玩弄它们，然后把它们放回到它们的位置上。事实上这只是一个短暂的休息，为了让有关罪行的罗列所产生的张力稍微缓和一些。这也是一种友善的问候，一种有情意的加强表达。他随后喝了一口酒清清喉咙。然后他再站到椅子上，继续述说他的小说。

"库兹米权夫，史提凡·安德黑耶维奇！……"他哭诉着说，"一八八一年生于坡连卡村，泉尔尼乡，图拉省！……俄国籍！小学程度，无党派！……一所教育研究所的看门员，住在莫斯科，五斯耶维扎路六十四号，六号公寓，一九三八年三月二十八日被逮捕，一九三八年六月三日被莫斯科地区的国家安全局一个三人小组宣判有罪！……罪名：在教育家当中也在他的邻居当中鼓吹反革命，诬告苏联体制并且宣传反苏联体制，被枪决！……一九三八年六月二十七日在布托沃被枪决！……埋在布托沃！……"

他有时候也会跟他姥姥谈论她坚持说听到钟声响，而事实上她听到的是枪决的响声，在布托沃位于国家安全局营区旁边的辽阔空地上的坡里共广场的墙之间回荡的响声。他现在确定他姥姥无意识地修改了她的回忆。她不想对他提到那年的大屠杀，而她也不想把那事件留在记忆里。那一天有太多死者和太多的血，面对那样的悲剧的唯一方式就是使它变得没那么尖锐可怕，相信不管怎么样，那一天可以是一个美好的日子，一个美丽的礼拜日，或者一个美好的六月的星期一。然而古西凌并不满意这种对遗忘所做的差不多机械式的解释。他思索他姥姥面对犯罪的态度。这点是他的小说的重点之一。

他姥姥曾经热忱地支持共产党的计划，他古西凌也一样，她是热忱的人，无党派但确信历史上被选取的道路都是好的，她深深确信集体主义和人人平等主义，将会在人类及与其类似的生物所经历过的历史混乱当中，开辟出一个闪亮的前景，他姥姥，跟他古西凌一样，都是苏联体制的平凡支持者，对列宁主义很有感觉，不论发生什么事，她都宽容列宁的为人和理论。此外，她跟他一样，连想都没想过她会站在与苏联政权敌对的那一方，她绝对不接受把她的声音加入法西斯党人和资本主义者的吼叫之中，这些人占领了社会主义的祖国，她很清楚社会主义正在建造，她知道实际的社会主义是一种令人愤怒的而非马克思主义的。不过，即使她尖刻地批评她的日常生活条件，她拒绝下结论说体制彻底失败，说体制根本就很糟糕而且将来肯定崩溃的。在她能够在他面前发言的那整段时期里，古西凌跟随她的看法，之后，当她变成只是回忆和典范的时候，他继续跟她有相同的想法。他四十五岁，四十六岁，四十七岁，已经到了八十年代的开放政策与经济改革的突兀年代，可他继续跟她有相同的想法。

当他对他姥姥说话的时候，他试着让她说出她容忍枪决事件。她避免谈这件事，她避免提这个话题。他坚持要她说。她就宣称在那个时代必须坚决地减少内部的敌人、破坏者及间谍。他问她有没有机会揭发一两个那样的人。她回答说她从来没揭发过任何人，要是她曾经那样做的话，她就会尽了苏联社会主义的义务。他又问她确定那些被逮捕被草率判罪被枪决的可怜民众真的是反革命的吗？她叹了一口气，说她不确定，可是国家安全局的任务就是要确定他们是不是反革命的，又说在那个时代没有理由定罪无辜的人。

古西凌也叹气。

几个木块和粗略包裹着布条、看起来像布偶的金属棍、布垫和布球，就做他的见证人。不再有无名小卒。他认识所有的听众。

他一个接着一个地抚摸这些不可能存在的废墟。每一个都有它自己的识别身份。

"库兹闪，"他用温柔的声音说，"伊凡诺夫、雷克萨科夫、雷贝德夫、马尔维耶夫、彼德左洛夫！……普罗克鹏科、斯维里榷夫、斯科里宁！……乌连诺夫！……菲欧都洛夫！……"

他对他们低声说了好长的话，这些语言是他的小说的部分内容，可有的时候他宁愿不把他们保留在他的作品里，所以当他述说他那广泛的故事的时候，他们没被涵盖进去。事实上，有关什么是他能写的而什么是他不能写的，他还有疑惑。他向被枪决的人说话，他的书写时间都献给这些人，他安抚他们，也向他们表达他对他们的情感，不过，有些夜晚里，他闯进他们的档案之中，他问他们，在全盘考虑之后，他们难道不也是那个我们曾经建造的、我们过去试图建造的、我们日夜牺牲自己而努力建造的社会的积极敌人吗？他说"我们"，因为他想到他姥姥和那些跟耶若夫的人们没有真正关系的居民，也想到那些被耶若夫的人们拷打和折磨为了要他们什么都承认的受害人。他说"我们"，因为他想到他自己，设想如果他自己在那个时代已经是一个成人的话，他会怎么做。他向被枪决的人提出这个问题，可他们不回答。这个部分因此成为《明天将会是一个美好的星期日》里最暧昧也最痛苦的篇章。一旦写出来，这个部分也会是他的小说中最暧昧的也最痛苦的篇章。有的时候，古西凌让那些被判罪的人发言，让那些被关在拥挤的囚牢里等待的人发言，或者让那些走向士兵、走近那个夜里为他们挖掘的坟坑的人发言，有的时候，他试着通过他姥姥的眼睛重新看那些事件，此刻就轮到他学他姥姥的做法，安排故事的情节当中避免了枪决事件。

他说，在某个时刻，我打开窗户。接生婆忙着照顾你妈，她不看我，但她命令我把窗户关起来。我抗议，我没有马上服从。房间里发臭的热气叫人受不了。我快窒息了，我猜想嘉莉亚也感觉窒息。我没办法再旁观她身体垮掉的那种残酷的场面，我被我那越来越清晰的直觉吓呆了，我的直觉越来越肯定地告诉我，我女儿就要死去，嘉莉亚快死了，不觉得安慰也不觉得松了一口气。外头的六月天很明丽，桦树在日光之下在温暖当中悸动着。听得见从树丛的另一头传来的规律的响声和轰轰的余音。

我把窗户关上。

好几年的时间里，尼基塔·古西凌的小说一直没有什么进展。作者加强了小说中监狱里的内心独白，又加上了站在布托沃土地上的几个人物的名字，他们很近地听到机关枪扫射的声音，同时等候着被叫到士兵们的前面。索罗维夫，俄国籍，不识字，木材搬运工，挑唆反革命并且有反抗态度。皮梅诺夫，俄国籍，不识字，夜间守卫，对苏联政权具有敌对态度。史坎培，奥地利籍，不识字，锁匠，替奥地利工作的间谍。史特雷佐夫，俄国籍，不识字，工人，间谍，传递秘密文件给日本间谍。史多柯林，俄国籍，不识字，仓库搬货员，在他的宿舍里的邻居当中进行反革命活动。乌勒逊，俄国籍，不识字，苏联农业集体化农场的工人，在他的牢友当中挑唆反革命情绪。

在古西凌住过的几个房子里，居无定所的现象反映了他工作上的不稳定，古西凌总是很细心地安顿他的小说，他很有耐心地重复叙述这个小说，慢慢地说而且没有什么重大的变化。他很注重他跟被判死刑的人之间的关系。金属块和木头块都挂着标签、绳子和上了颜色的毛线，这些东西使那些金属和木头愈来愈像人而且愈来愈有个别的特色。他一眼就认出他们当中的每一个，他对他们说话时都很注意用词，为了避免文学语言造成他们仓皇失措，为了让他们重聚但不是通过官方文学的令人恶心的卖弄和虚假。他有机会的时候，就对他们叙述他的出生故事，那却是他们生命极惨烈的结束。他谨慎地把他妈妈的血和他们的血结合起来。他也会在他们面前替他姥姥误以为枪决声是钟声的错误申辩，不过他把这章内容的铺展保留给他和她之间的两人单独交谈。

他的声音撕裂了，经常，他内在的悲伤大到他无法开口说话，他就让小说的最后几页处于没有完成的状态。

一九八八年六月二十七日，他五十岁。这一天是星期一。

他召集了他的小说中的所有的人物，他们聚集在他已经三个星期没打扫也没擦洗的地上，聚集在那张难闻的睡铺上——他在那上面度过了一个难熬的夜晚，聚集在那张铺满面包屑和劣酒遗渍的桌子上，聚集在那两把歪斜的椅子上——那是他住进这个空无一物的地方时，一个女邻居借给他的。他再次对他的人物们说话。他们全都死了。把接生婆、他姥姥、他妈妈和他算进去的话，总共有一百四十五个人物，仅仅这一点就使得他立刻被归入苏联最后几年间的伟大作家群。之后，他抓起前天晚上他在一个工地上捡到的一条电线，上吊了。